FORASTEIRO

Editora Appris Ltda.
1.ª Edição - Copyright© 2024 do autor
Direitos de Edição Reservados à Editora Appris Ltda.

Nenhuma parte desta obra poderá ser utilizada indevidamente, sem estar de acordo com a Lei nº 9.610/98. Se incorreções forem encontradas, serão de exclusiva responsabilidade de seus organizadores. Foi realizado o Depósito Legal na Fundação Biblioteca Nacional, de acordo com as Leis nos 10.994, de 14/12/2004, e 12.192, de 14/01/2010.

Catalogação na Fonte
Elaborado por: Dayanne Leal Souza
Bibliotecária CRB 9/2162

F518f
2024

Fiorejo, Jairo
  Forasteiro / Jairo Fiorejo. – 1. ed. – Curitiba: Appris, 2024.
  100 p. : il. ; 14,8 x 21 cm.

  Inclui índice.
  ISBN 978-65-250-6094-1

  1.Fantasia. 2. Medieval. 3. Adulto. 4. Magia. I. Fiorejo, Jairo. II. Título.

CDD – 793

Editora e Livraria Appris Ltda.
Av. Manoel Ribas, 2265 – Mercês
Curitiba/PR – CEP: 80810-002
Tel. (41) 3156 - 4731
www.editoraappris.com.br

Printed in Brazil
Impresso no Brasil

JAIRO FIOREJO

FORASTEIRO

FICHA TÉCNICA

EDITORIAL Augusto Coelho
Sara C. de Andrade Coelho

COMITÊ EDITORIAL Ana El Achkar (UNIVERSO/RJ)
Andréa Barbosa Gouveia (UFPR)
Conrado Moreira Mendes (PUC-MG)
Eliete Correia dos Santos (UEPB)
Fabiano Santos (UERJ/IESP)
Francinete Fernandes de Sousa (UEPB)
Francisco Carlos Duarte (PUCPR)
Francisco de Assis (Fiam-Faam, SP, Brasil)
Jacques de Lima Ferreira (UP)
Juliana Reichert Assunção Tonelli (UEL)
Maria Aparecida Barbosa (USP)
Maria Helena Zamora (PUC-Rio)
Maria Margarida de Andrade (Umack)
Marilda Aparecida Behrens (PUCPR)
Marli Caetano
Roque Ismael da Costa Güllich (UFFS)
Toni Reis (UFPR)
Valdomiro de Oliveira (UFPR)
Valério Brusamolin (IFPR)

SUPERVISOR DA PRODUÇÃO Renata Cristina Lopes Miccelli
PRODUÇÃO EDITORIAL Bruna Holmen
REVISÃO Marcela Vidal Machado
DIAGRAMAÇÃO Renata Cristina Lopes Miccelli
CAPA Mateus Porfírio

*À ilustríssima H. e ao digníssimo P., os meus pais.
Sem o apoio deles eu não teria chegado aqui.*

Também ao meu amigo, Alan, que sempre acreditou no meu potencial.

Ainda gostaria de relembrar o meu melhor amigo dos meus 12 anos de idade, Fernando. Frequentemente recordo as nossas caminhadas de Trindade a Itaúna e sinto uma dolorosa saudade. Desejo que a felicidade contemple-o onde estiver, meu irmãozinho.

*If you are lost in your way
deep in an awesome story
don't be in doubt and stray
cling to your lonesome folly.*

(A Stray Child – Yuki Kajiura)

APRESENTAÇÃO

Forasteiro será, futuramente, uma coleção de *short stories* e romances medievalistas situados em um mesmo mundo fantástico. As maiores inspirações desse universo são *Witcher*, de Andrzej Sapkowski, os jogos de mesa da Wizards of the Coast, os videogames no universo de *The Elder Scrolls* (especialmente a contribuição de Michal Kirkbride) e, finalmente, o mangá *Berserk*, de Kentaro Miura, com o seu mundo brutal e místico.

Em adição, pretende-se que os personagens sejam aquém de seres vivos concretos, com a máxima organicidade que for possível conferir a eles, com defeitos, fraquezas, interesses e habilidades. Isso também inclui fazê-los passar por momentos de violência e de intimidade, pois esses indivíduos são (metaforicamente) tal como entes de osso, carne, magia e sensualidade. Haverá, portanto, teor erótico diverso, porém despretensioso por objetivo. A função principal será meramente entreter. Então, por favor, aproveite cada palavra que se segue.

O autor

Leia mais histórias em: fiorejo.blogspot.com

SUMÁRIO

Capítulo 1
ALONSO LIBÓRIO 13

Capítulo 2
BASIE BELAVIE 22

Capítulo 3
O DIABO DA GRUTA 27

Capítulo 4
ALGUNS PRÓLOGOS 39

Capítulo 5
A CAMARADAGEM DE LITO 50

Capítulo 6
ANTES DA JORNADA 69

Capítulo 7
UMA TARDE NEBULOSA EM UMA TAVERNA
NA BEIRA DA FLORESTA 76

Capítulo 8
LIMBO 81

Capítulo 9
UMA VISÃO SURREALISTA DO PASSADO 89

APÊNDICE 98

Capítulo 1
ALONSO LIBÓRIO

Naquela tarde, Alonso achou o caminho da taverna.

Depois de quatro anos sem maiores novidades, a vida adulta perdeu o encanto. Gastava um terço de todos os seus dias debruçado sobre alguma mesa, e o resto ocupava com as suas leituras recreativas. A existência entrava em um beco tedioso do qual não havia saída em vista. Sentado no banco, ele sentiu as patas do réptil andando pelo seu torso e se aquietando sobre o ombro. Logo ouviu a voz do iguana dentro da sua cabeça. *É assim que você quer passar o resto de sua vida?* Um dos poucos momentos notáveis da existência de Alonso foi a súbita aparição do singular animal, oferecido ao pai como o pagamento de uma dívida. Alonso e Vadavel – o iguana – tornaram-se amigos à primeira vista, eliminando quaisquer chances que Lamberto Libório tivesse de recusar a proposta do seu devedor. Os dois homens envolvidos na transação eram alheios ao fato de que o réptil tinha o dom da telepatia, e não por acaso manipulara ambos subliminarmente a direcioná-lo a um jovem como Alonso.

— Cale-se, calango.

— Eu já lhe disse. O termo adequado é "iguana", "i-gua-na". Calango é o nome do meio da sua mãe! – corrigiu o escamoso ser. – Você é um escriba, já deveria saber as distinções entre répteis.

— Eu já mandei se calar – repetiu Alonso, exasperado.

O homem do outro lado do balcão, um estalajadeiro com fama de grosseiro, antiquado e, acima de tudo, irritadiço, resmungou alguma coisa. Não apreciava clientes desvairados.

— Continue falando sozinho e mandarei jogá-lo na sarjeta – disse.

— Mas ele não está falando sozinho, taverneiro medíocre. – O homem de avental, desconcertado olhou para o lagarto de olhos azuis vidrados. De quando em quando, o pescoço do animal inflava como uma bexiga soprada pela metade.

— Na primeira vez eu também fiquei pasmo – compartilhou Alonso.

— Não o julgo.

— Avise-me se a... senhora iguana quiser molhar a garganta com água-mel ou alguma coisa mais apropriada aos répteis.

Mas ele não queria nada. Ultimamente, Vadavel mal bebia as gotas de orvalho das folhas das árvores. Alonso, por sua vez, ergueu a caneca e tomou um gole. Já enxergava o fundo do copo de bebida, pensativo. Ele achava-se ligeiramente ébrio após o taciturno expediente matinal que prestara no escritório improvisado ao lado da quitanda do pai. Aos 20 anos, o jovem Libório já precisava de um par de óculos e, ocasionalmente, de uma bengala para diminuir as dores de sua coluna mal-acostumada, quando as caminhadas se tornavam um pouco mais longas. Além disso, a poeira da praça pública fê-lo desenvolver uma tosse seca constante. Apesar dos dissabores, naquele momento, ele suspirou e se deixou levar.

Era o segundo dia útil daquela semana, ou o Tertius, como era chamado por ali, em homenagem a algum herói lendário das sete ancestralidades primordiais. No meio da tarde, o povo do subúrbio ainda trabalhava lá fora, suportando a chuva calma. Alonso sentia-se como se estivesse ao sabor do meneio das ondas. Uma sensação amena acariciava todo o seu corpo. O murmurinho da água caindo no pavimento de pedras invadia de mansinho o salão principal, misturando-se ao vozeado da clientela. Poucos bebedores já se encontravam por ali naquele momento. O bar era um refúgio de couro e madeira escura, um borrão aconchegante e amarronzado. A languidez do mago quase fazia o seu ego dissipar-se, tornando-o uma parte inconsciente do cenário.

Já no fim do período vespertino, um casal de jovens entrou pela porta principal do salão, que se abriu devagar. A sua mera presença insinuava um vigor e uma força de vontade que interferiu com a ecologia do ambiente. Vadavel, previamente ocupado com os seus pensamentos reptilianos, entortou a cabeça para espiar o novo movimento. Os dois trajavam-se a caráter. O rapaz negro de cabelo crespo e curto vestia um gambeson prateado e afivelado, com um capuz preto abaixado escapando da blusa inferior. Ele levava uma machadinha presa no quadril direito. A cabeça da arma era incrustada por hemoglobina seca, a única mácula de sua aparência ademais impecável. A moça, que tanto o acompanhava quanto por ele era acompanhado, ostentava um manto de tom vermelho aveludado. Por baixo do tecido, pendiam algumas mechas também ruivas. O rosto fino dela era repleto de sardas e os olhos verdes, felinos. Tinha um discreto cetro de madeira esquecido, pendurado ao acaso, na mão enluvada. Vadavel sentiu uma nostalgia agridoce. Então ela virou o rosto em sua direção, contorcido de antipatia. A princípio, Vadavel pensou que a jovem possuísse aquela típica aversão a lagartos, natural a infantes e donzelas delicadas, mas logo percebeu que tal olhar desagradado era direcionado ao responsável pela casa. Havia alguma animosidade entre os dois.

Deixando esse assunto escorregar pelas bordas de sua mente, ele reatou a sua constatação anterior, desta vez deixando Alonso participar dela.

— Mercenários – disse o iguana, dentro da mente de seu acompanhante, já se preparando para admoestá-lo novamente quanto à sua ociosidade.

— Bom pra eles. – Alonso exalou o fim do seu drinque, a caneca de vidro vazia diante dos seus braços cruzados em cima do balcão. Ele já sabia onde seu caro companheiro de sangue frio queria chegar, impaciente.

Ante à visão dos recém-chegados, o taverneiro já erguia o braço direito para remover uma garrafa fosca da estante ao fundo. O rapazola negro aproximou-se dele, às costas de Alonso, enquanto a sua parceira permanecia ligeiramente recuada, inspecionando corriqueiramente os patronos ao seu redor, após chegada a conclusão de que deveria manter uma aparência ao menos neutra, senão amistosa, enquanto intentava camuflar o seu nojo pelo homem das bebidas e dos petiscos.

Ambos os novatos demonstravam estranha secura a despeito da chuva perfeitamente visível além dos vitrais da porta dupla. O homem de avental depositou um copo de uísque na tábua de madeira e o complementou de gelo com uma evocação simples – uma utilidade prática e surpreendentemente não destrutiva das artes mágicas elementais (a menos que se levasse em conta os seus efeitos ao fígado). O pequeno recipiente de boca larga foi prontamente arrebatado pelo jovem negro de gambeson.

— Basie – cumprimentou simplesmente o estalajadeiro trintão com fama de assanhado, olhando o rapaz aventureiro nos olhos com o máximo de respeito que conseguia ajuntar em sua persona irreverente e alourada.

— Chevron — a voz de Basie escapava por entre os seus dentes brancos como um fino riacho sibilante e tranquilizador. — Calisto está hospedado aqui?

— Ha! Hospedado... Ele está aqui, sim, na suíte ao fundo.

— Obrigado, Chevron.

— Disponha, rapaz.

Quase escapou da percepção de Alonso, pelo canto do olho, o anel dourado na mão direita do moço, dotado de um sinete familiar. Belavie, uma linhagem de nobres da cidade de Fustigante, ao sul, de certo renome – dona de uma série de empreitadas marítimas, desde o transporte de carga até a extração de espermacete. O seu símbolo era a carpa, o peixe da longevidade. Basie virou o seu drinque na boca amarronzada e logo partiu para as escadas. A jovem ruiva pairava ao seu redor, silenciosamente, em sua beleza misteriosa e fria. Alonso dedicou-lhe um último olhar antes que ela desaparecesse pelo umbral.

— Moça singular. Parece uma ninfa sob a Lua cheia. Desperta medo e curiosidade ao mesmo tempo.

— Moça? Que moça? Não tem moça nenhuma aqui. Você é mesmo um alucinado, agora vendo coisas — retorquiu Chevron, recebendo um olhar estreitado e confuso do menino pálido, que começava a duvidar de seus próprios sentidos. – Ha! Gracejo! Sei de quem você fala. Amanda sempre faz alguns pescoços se retesarem. – O taverneiro debruçou-se e falou à meia voz, fazendo jus à sua infâmia. – E tem efeito parecido sobre algumas picas, também.

Alonso podia compartilhar daquela indiscrição em algum outro dia, mas estava focado em um outro assunto – e também em um outro gênero – por aqueles tempos.

— O homem que eles vieram visitar. Emanuel Calisto. Intermediário, correto?

— Um dos melhores deste lado da cidade. Você precisa de um bico? – O barman deu uma piscadela. – Ele e eu temos um acordo bem favorável.

— Pode ser. - Alonso tornou a se esconder em sua concha, cruzando ainda mais os braços. – O que acha, Vadavel? – disse ele em pensamento ao seu companheiro clavicular.

— A decisão é sua. Você precisa fazer algo com a sua vida. Talvez se arriscar como um biqueiro seja um bom caminho, mas pode, muito bem e rapidamente, perdê-la.

Meio que sem se dar conta, Alonso pagou a bebida e se ergueu. Os degraus da escada rangeram sob as suas botas. Seguiu as instruções que ouviu por alto e andou por um corredor simples de paredes brancas. O escritório de Emanuel ocupava o canto. Ao lado da porta, jazia um adolescente – literalmente – endiabrado sentado em uma cadeira de madeira. As quatro pernas dela, espalhadas, faziam-na parecer um caranguejo especialmente torrado pelo Sol. Os chifres do adolescente despontavam por cima de um exemplar do *Diário de Renúncia* aberto diante de sua figura – um título desproporcionalmente dramático para um simples jornal matinal, mas não foram os seus editores quem escolheram tal título pomposo, aquilo era culpa dos fundadores da cidade.

O garoto baixou o jornal. Os seus olhos estreitos e as sobrancelhas serpentinas voltaram-se para o iguana trepada nos ombros de Alonso. Este, por sua vez, contemplava a tez azulada e o cabelo preto fosco do adolescente, o qual descia por trás até o meio do pescoço. Era, de fato, um belo e singular menino.

— Senhor Emanuel está ocupado – disse ele ao recém-chegado.

— Espero.

O endiabrado aquiesceu silenciosamente.

Alonso recostou-se à parede, aproveitando a luz que escapava da janela estreita logo à sua direita, para estudar o seu grimório. Tinha a impressão de que até mesmo aquele aspecto da sua vida já havia se estagnado.

— Oferece alguma dica, Vadavel?

— O arcanismo não é o meu forte – retorquiu rapidamente o iguana, cujas habilidades mágicas advinham de outra fonte.

— Aparentemente, também não é o meu. – Alonso se continha para não fechar o livro em um estalo.

— Perseverança – disse simplesmente Vadavel, percebendo a crescente frustração de seu único amigo.

— Percival, percevejo, perce... – divagava o garoto.

A porta se abriu, interrompendo-o. Aquele mesmo casal de jovens passou por Alonso sem muitos olhares. Seguiram pelo corredor. Alonso, o mestiço de humano e elfo, em pé, virou os olhos para dentro da suíte convertida em escritório. Era um ambiente tão ameno e pardo quanto o andar inferior. Sóbrio, mas vasto, esplendoroso, porém elegante, sem ser decadente. Algumas telas panorâmicas em aquarela, de campos verdes e praias mansas, decoravam as paredes. No meio, sentava-se, a uma mesa de mogno, um homem corpulento, com vasta barriga e braços grossos. A sua estatura também era plena. Se ereto, talvez ocupasse quase dois metros. Um óbvio rotundiço, uma sofisticada mistura dos elfos das entranhas do continente com o povo das montanhas ao norte. A sua pele era de chocolate meio amargo, com a barba preta lustrosa descendo pelo manto vermelho de tecido fino. Atrás da testa espaçosa, o seu cabelo descia em tranças intrincadas. Ouro e pedras preciosas enfeitavam-no as orelhas, o pescoço e as mãos, cujos dedos se cruzavam acima de um livro de capa bordada. As unhas manicuradas eram da cor de pérolas particularmente lustradas.

Alonso olhou para o endiabrado, que, com a mão, ordenou o jovem de tez clara a esperar.

— Kairus – disse enfim Emanuel Calisto, friamente como aço.

O adolescente olhou para Alonso com um leve movimento de cabeça, um sinal, e este entrou pela porta ainda aberta. O mestiço deteve-se a meio metro da mesa e pousou as mãos no pomo dourado da bengala que sempre o acompanhava. Kairus fechou a porta para dar-lhes privacidade.

— Belo réptil. Feitiço de familiar?

— Não. É só o meu iguana, o Vadavel. Com uma oxítona aberta.

— Hum. Então, o Vadavel vem aqui como agente ou cliente? – O homem escuro correu os olhos pelo garoto. Ele vestia um robe preto simples. Tinha um cabelo castanho bem escuro mal escovado e sobrancelhas grossas. Os seus olhos eram também castanhos, claros desta vez, vivos, expressivos. A sua postura, por sua vez, se mostrava um tanto desleixada. A aparência certamente não constituía o seu forte, Emanuel estava certo, mas supunha que se podia melhorá-la com um pouco de esforço por parte dele. Networking, portanto, estava fora de cogitação, pelo menos no momento. Também parecia desarmado, o que limitava o seu potencial como mercenário. A menos que aquela bengala não fosse um simples implemento de caminhada...

— Alonso Libório. Agente — definiu o recém-chegado.

O garoto também não tinha muitas palavras a oferecer, constatava Calisto. O seu potencial diminuía a cada segundo, a menos que aquele objeto preso ao sinto não fosse uma simples agenda de senescal...

— Bem... Alonso. Você pertence a alguma equipe ou está sozinho?

— Responda que está sozinho, sim, Alonso — opinou o iguana.

— Estou. Só eu mesmo — falou o meio-elfo obedecendo.

— Você sabe que um mercenário solitário não vai muito longe, correto? Uma pessoa só não consegue fazer de tudo — o tom de Calisto era condescendente

O rapaz permaneceu calado. Calisto não gostava de estoicismo.

— Você não tem amigos? Nenhum? Eu achei que meio-elfos fossem um povo unido, com um forte senso de comunidade. Nunca conheci um mestiço antipático.

— Já tive amigos. Não sou uma pessoa interessante. Eles se entediaram, casaram-se, tiveram filhos e foram embora.

— Olha, é de se compreender — a voz do homem feito era grave, enquanto o rapaz jovem meramente o encarava por algum momento, como se ponderasse se o esforço de algum tipo de retratação àquele homem valeria a pena.

— Não sou de comunidade nenhuma. O meu avô materno era um alto-elfo. Minha mãe, meio-elfo e loba solitária, assim como eu, até engravidar de um comerciante, por descuido. Depois ela passou a servi-lo como esposa, longe dos parentes. — Os olhos do homem jovem traíram a sua aparente imparcialidade. Sentia-se irritadiço com os constantes julgamentos do empregador em prospecto. — Ela morreu cedo demais. Uma vida medíocre inteiramente dedicada a servir os homens.

— Não dê ouvidos a ele, Alonso. Você tem a mim. É a única criatura de duas patas com quem eu me identifico — tentava consolar Vadavel, percebendo a crise de ansiedade que se insinuava no peito do jovem, a qual se assemelhava à lâmina de um espadão que se alargava aos poucos, até chegar à empunhadura.

— E esse comerciante, seu pai, o sustenta, não? Você o enxerga com menosprezo, aposto. A sua geração é assim. Não reconhece o valor do esforço de colocar a comida na mesa. O que você planeja fazer da vida quando ele for pra debaixo do chão? Vai lamber as botas do seu avô? — Calisto testava até onde poderia cutucar o vespeiro do rapaz sem sair ileso. Era uma ótima tática para discernir quem se desmancharia sob pressão em uma missão de campo.

Recordando o bom relacionamento que ele cultivava com o pai, Alonso não suprimiu um sorriso de desdém. Odiava quando as pessoas presumiam demais a seu respeito.

— Você é cheio de merda – declarou Alonso, indisposto a se submeter àquele escrutínio hostil. Deu as costas, preparando-se para voltar para casa e passar uma semana sem sair dos seus aposentos, pois o mundo aparentemente era cheio de pessoas impacientes pela primeira oportunidade de apanhá-lo em um laço e esfolá-lo moralmente.

Emanuel Calisto sorriu. *E você não tem merda o bastante. Nem raízes.*

Alonso erguia a mão enluvada para apanhar a maçaneta. Parou.

— Há rumores de uma movimentação nesta residência – começou Emanuel.

Uma explosão de informações estalou na mente de Alonso. Um endereço no distrito das docas. Algumas imagens embaçadas, granuladas, do local e arredores. Um truque mágico por demais sofisticado para um amador.

— O cliente deseja que alguém vá investigar. Um bico perfeito para alguém do seu nível – continuou.

— Entendido – disse o jovem, apenas movendo ligeiramente o rosto para a esquerda.

Alonso fechou a porta atrás de si, passou pelo endiabrado e desceu para a rua. Desviou das poças d'água na calçada e alugou uma carruagem. Deu instruções ao cocheiro e se sentou no banco do carro fechado, batendo, então, mais uma porta. Ele sentia razoável mal-estar em sequência à troca que tivera com Emanuel, e mal sabia o que estava a fazer ou para onde ia. Cravou as mãos nas coxas, os olhos ardendo. Sua mente era um confuso mosaico de pensamentos agonizantes e embaçados.

— A sua mãe não o culparia – a voz plácida de Vadavel tentou consolá-lo. – Estou certo disso.

— A vida toda... ela não fez outra coisa senão... e eu...

— ...Não é culpado por isso. Ademais, qual razão o faz pensar que ela não optou livremente pela servidão, sendo perfeitamente feliz em dedicar-se aos seus três filhos por toda a vida? A bênção serena da vida doméstica.

— Seria mesmo confortável acreditar nisso, Vadavel. Por outro lado, ela poderia ter sido alguém independente e intensa, tal como aquela menina de antes, como a Amanda – O garoto levou a mão vestida em uma luva branca à testa e cravou as unhas no couro cabeludo. Uma lágrima escorreu pela face direita. Seu corpo estremeceu por um momento.

— Desculpe, senhor, pode repetir? – a voz do cocheiro se fez soar por cima das cavalgaduras.

— Não estou falando com você – a voz de Alonso era sôfrega.

— Ah. Perdoe-me.

— Não. Digo... não há o que perdoar.

Já lá fora, a última gota d'água em um longo período chegava ao chão.

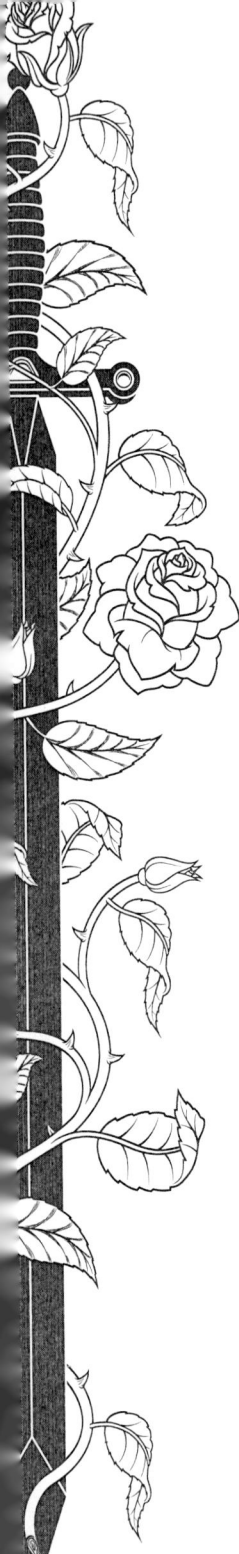

Capítulo 2

BASIE BELAVIE

Basie Belavie jogava sinuca sozinho em um boteco perto de Chevron's quando um diabozinho chamou-o pelo nome. Era o garoto de Emanuel. Trazia-lhe um envelope simples selado. O rapaz negro leu a mensagem rapidamente e dispensou o adolescente com uma moeda de prata. Basie, então, foi andando devagar até o seu cocheiro particular, que alimentava os cavalos não muito longe dali. Terminava de fumar o seu cigarro de tabaco misturado com ervas estimulantes. Ele tornaria a vestir o seu traje de combate no carro espaçoso. Relutantemente, aceitava dispor-se aos joguinhos de Calisto. Fazia parte do pacote. *Vou ver se eu pego leve com o garoto, foda-se esse megero manipulador.*

Alonso deteve-se diante da residência solitária. Espreitava. Ela se localizava em um canto, há muito esquecido, do distrito portuário. Apesar de ainda não haver mar em vista naquele ponto, mesmo ali, o cheiro da água salgada se fazia notar. Vez ou outra ouvia-se o canto das gaivotas. A voz das aves lembrava risadas de chacota. O casebre figurava bem no meio de um pátio de pedras que alguma vez possuíam cores alegres. O lote era circundado por outras casas de aparência igualmente esquálida. Bem pago, o cocheiro lhe havia deixado bem diante do local, combinando que voltaria meia hora depois, de modo a carregá-lo de volta a lugares menos suscetíveis à intervenção criminosa.

Antevendo conflito, o mago amador lançou alguns feitiços de proteção em si mesmo.

— Já que esta é a sua vontade... – murmurou Vadavel, seus olhos brilhando com uma forte luz azul.

A bengala de madeira revestida, na mão de Alonso, foi coberta por runas luminosas.

— Qual é o seu método catalisador? Como você se conecta com o sangue divino? — ele sussurrou, indagando quanto ao objeto de interação entre o réptil e a bruma rarefeita do sangue de Minerva, que, segundo a doutrina da Universidade, pairava invisível sobre todo o mundo e tornava os feitiços possíveis, ou pelo menos era isso o que sugeria uma das dúzias de teorias da magia vigentes. Alonso não tinha preferência por nenhuma das explicações, apenas usou aquela que estava na ponta da língua.

— Você tem a sua gramática. Fria, calculada. Complicada demais. Eu bebo da fonte selvagem. O meu poder é o próprio sangue e entranhas da natureza. A tecitura, a magia, e a terra se dobram ante a minha simples vontade.

Alonso sentiu um invejoso temor por aquele animal de sangue frio.

Ele se aproximou da porta de madeira podre, ouvindo um estranho sussurrar de vozes em coro surgindo do outro lado.

— Megera Rainha, soberana das ondas, vadia do mar! Mah, a Amarga, afogue os homens tolos e retorne os seus filhos ao lar! – repetiam. Havia um toque de convicção feminina, de despeito em suas vozes fluidas como as ondas.

— Pitoresco – proclamou Vadavel.

Alonso tentou abrir a porta. Parecia trancada. *Um lobo solitário não pode fazer tudo sozinho.* Mergulharia em uma espiral de autodepreciação se não estivesse tão empenhado em correr perigo. Ele apoiou a mão direita na bengala, tirou um pergaminho de dentro do robe com a esquerda e aplicou um chute no terrível exemplar de porta que se sustentava precariamente diante dele. As dobradiças sobreviveram, mas a estrutura se partiu, incomodando os cupins, dependurando-se. Com mais alguns leves golpes, ela terminou de cair. As runas pintadas no pergaminho amarelado perderam um pouco de sua cor.

As três mulheres, diante dele no interior da casa, dispersavam-se em um arco diante de um velho poço de pedra acinzentada, que, por algum motivo, ficava no centro da área coberta, como algum tipo de altar. As três interromperam a ladainha delas como uma viola que subitamente teve os seus fios rompidos e olharam diretamente para o garoto. Tinham expressões entretidas na face, como a de alguém que se encontra diante de uma criança petulante.

— Retire-se – disse a do meio

— Não está num puteiro para entrar como e quando quiser – disse a da esquerda.

— Nem numa creche, mancebo intrometido – disse a da direita.

A mão dominante de cada uma delas alcançava o interior de seus mantos modestos.

— O culto de vocês não é bem-visto por estas partes – Alonso finalmente tomou a fala.

A mulher do meio, parcialmente oculta pelo poço, parecia a matriarca daquela organização. Avançou diante das demais e se colocou do outro lado da escavação, ficando a uns dez passos do rapaz.

— O que o traz aqui? Curiosidade? Ordenança? – indagou ela

— Cuidado, sua garganta pode depender do que responder... – interveio a mulher da esquerda.

— Você foi ordenado a tão somente descobrir o que acontecia aqui dentro, criança. Já podemos dar as costas e ir embora – sugeriu Vadavel, por telepatia.

— A primeira alternativa. Eu passava por perto, atrás de encrenca, e ouvi vozes bonitas de mulheres. Logo, eu quis olhar. Fiquei curioso – inventou depressa Alonso, fruto da leitura de numerosos romances dramáticos.

— Garoto... Siga o caminho do cio para outro lugar. – A matriarca já ia relaxando o punho da cimitarra, ansiosa em abandonar aquela interrupção.

Um som de movimento então emanou da água dentro do poço.

— O que reside dentro do poço? – indagou o jovem, o seu rosto fresco intrigado.

— Os nossos afazeres não lhe dizem respeito – replicou a matriarca, já desembainhando lentamente.

— Ele tem um pergaminho, e a bengala emana magia. Ele quer alguma coisa – notou a mulher da direita, já revelando completamente a sua arma da bainha. Alguns filetes luminosos do aço refletiam a luz fosca do céu que entrava pelas frestas do teto.

— O que seja, espero que valha o seu sangue de fedelho – a mulher do meio avançou com passos largos.

Seja pela idade avançada, seja por falta de prática, seu golpe foi facilmente previsto por Alonso, que mal precisou dar duas passadas para o lado. Pensando que o pegaria de surpresa, a cultista do lado esquerdo tentou lhe flanquear, naquele ínterim. Por demais afoita, o fio da sua lâmina nem chegou a alcançar o jovem, como uma onda que se dissipa antes de chegar na costa.

A terceira e última fêmea, achegando-se pela retaguarda dele, repetiu o que a segunda tentou fazer, com muito mais sucesso. O seu golpe vertical rasgou em linha reta o tecido das costas do robe de Alonso e a túnica enfiada por baixo. Um sangue preto, morto e fétido banhou a curva da espada serpentina.

— Necromante! – proclamou a moça ao notar o que decorreu à sua cimitarra.

— Dificilmente. – O rapaz parecia totalmente ileso, mas a camada de carne morta sob a sua pele também foi penetrada, superada, deixando-lhe uma sensação incômoda, fustigante, no arranhão rosado que expunha a sua viva carne. A sua funesta camada protetora fora superada. Com rosto impassível, dessa forma, tentava ele não transparecer o efeito do golpe.

Vadavel sentiu-se impelido a agir, vendo seu único amigo ser ameaçado pela vantagem numérica. De praxe, os seus olhos brilharam em um azul cintilante, completamente, e o chão tremeu com violência, permanecendo intacto apenas sob os pés de Alonso. Parte do assoalho de pedra se soltou e algumas pernas se dobraram. A moça da esquerda conseguiu manter o equilíbrio. As outras duas caíram com força no chão, que já ia parando de tremer.

Alonso sabia que o mais importante era sobreviver, além de sentir-se justificado pela desvantagem dos números. Posto isso, pouco dedicou a pensar sobre noções de cavalheirismo. Segurou a bengala pelo cabo e desceu-a com todas as forças. O pomo revestido de prata e pintado de dourado afundou na cabeça da líder do bando, que ainda se prostrava no chão, fazendo o seu crânio ceder entre as mechas grisalhas.

A mulher da direita, assustada com o desenrolar dos eventos, tentou afastar-se rastejando para trás, mas o rapaz, impiedoso, fixou-a onde estava com a ponta inferior da bengala cravada em suas costas. Assim, ele lhe esmagou algumas das vértebras. A dor intensa fê-la perder os sentidos.

— Calma-te! Deixa-me ir! O nosso templo foi profanado e a nossa sacerdotisa, derrubada. A minha desavença por ti foi subjugada.

Alonso fitou-a com o rosto em mármore. A mulher da esquerda deixou cair a cimitarra ao chão, retinindo, e expôs as palmas enquanto rodeava o garoto até deixar o perímetro.

Certificando-se de que estava seguro, ele caminhou, decidido, até o poço. Alonso viu que um par de pernas pálidas se insinuava lá embaixo, amarrado pela corda nos tornozelos. Ele devolveu o pergaminho enrolado para o robe e, com dificuldade, o mago trouxe aquele corpo para o chão empoeirado. Tratava-se de uma mulher nua. A sua pele cor de marfim, salpicada pela água e condensação, tinha um cheiro forte de sal. O cabelo era uma mera sombra escura na testa, como se raspado ante uma prece concebida.

Alonso lembrou do livro de primeiros socorros pelo qual correu os olhos certa vez. Procedeu a reanimá-la expeditamente. Enquanto o fazia, no entanto, era afetado pelo contato e pelo vislumbre daquele corpo esbelto e úmido. Os seios dela, tentadores, pareciam olhá-lo de volta, provocando-o. Ele se imaginou a circundar as auréolas dos mamilos rosados com a ponta do dedo indicador, em uma carícia suave. Uma gota de suor frio formava-se na testa dele. Leviandades como aquela estavam abaixo da sua índole, mas a carne mostrava crescentes sinais de fraqueza.

A moça finalmente abriu os olhos castanhos, ainda nos braços dele. Vislumbrou o rosto do rapaz, confusa, e logo depois apreendeu os seus arredores, com movimentos rápidos e curtos do pescoço, torcendo a boca em discórdia. O seu semblante foi da confusão à ira.

Surpreendido, Alonso foi agredido na têmpora por um bloco de pedra retirado do solo deformado pelo terremoto localizado, objeto que a jovem mulher descartou logo depois de usar.

— Maldito! O ritual estava quase terminado! – ela berrou ao erguer-se, deixando que o rapaz ingênuo tombasse de bruços. Uma poça de sangue se formava ao lado da cabeça dele. – O poder dos mares era quase meu! – esbravejou a mulher, surrupiando o manto de uma das suas irmãs caídas.

Ela olhava a destruição à sua volta. Algo violento decorrera durante o seu transe. Tornou a olhar para o homem patético aos seus pés uma última vez. *Ele fez isso?* Calmamente, a jovem profetiza deslocou-se pela morada antiga. O seu templo profanado. Recolher-se-ia em alguma toca para ponderar as suas alternativas.

La fora, a noite caía. O céu nebuloso tinha um tom vermelho.

Capítulo 3

O DIABO DA GRUTA

Basie desceu da carruagem e caminhou para o endereço. De fora, a velha casa parecia como qualquer outra. Foi no pátio que ele cruzou caminho com uma jovem esquisita que vestia um manto molhado e borrado de terra, segurando-o pela frente para mantê-lo fechado. Fez algumas suposições quanto à finalidade daquele local, mas nada que já afetasse a avaliação de performance do colega Alonso.

Assim que adentrou a porta quebrada, viu o corpo inerte do jovem de pele clara debruçado no chão ao lado de um grande volume de sangue. O mascote, o iguana de considerável tamanho, tocava o focinho na cabeça dele. Basie já ouviu histórias sobre a ligação íntima entre algumas pessoas com seus mascotes, porém não esperava encontrar cena tão comovente dentro de tal pocilga. Imaginava que Vadavel fosse sibilar assim que ele se aproximasse. Além dele, havia dois outros corpos. A situação das mulheres, ainda assim, parecia menos má afortunada — pelo menos em questão de hemorragia.

— Morrer na primeira missão não é muito bom pra sua nota, moleque – disse, dando os primeiros passos dentro do casebre, feliz por mal conhecer o garoto de vista. Perder alguém próximo era sempre doloroso. Como que em protesto, entretanto, Alonso começou a mover-se, e se ergueu devagar, espalmando as mãos no chão.

— Merda! – Basie temia o pior. – Você tá vivo? – O mago fixou-o com olhos aguçados. – Ah... que bom. Acho que não consigo lidar com um zumbi sozinho.

— Aquela borra de café inchada acha que eu não me garanto sozinho? – Alonso ajoelhava-se, reavendo a bengala.

— Cuidado. Calisto e eu compartilhamos uma característica bem evidente, imagino que já tenha notado – Basie segurou uma risada, achando alguma graça naquela alcunha. – O que rolou? – ele gesticulou, englobando o estado de despreparo do lugar e as mulheres inconscientes.

Alonso levantou-se com dificuldade.

— Cuidado, não consegui substituir todo o sangue perdido – alertou Vadavel, voltando a se posicionar no seu lugar de direito, o ombro do melhor amigo. O garoto pálido sentia alguma tontura.

— Obrigado, Vadavel – disse em voz alta.

— Ele gosta mesmo de você – Basie o olhou de relance, colocando-se diante de um dos corpos. Estava vivo.

— São cultistas de Mah. Uma delas escapou – esclareceu Alonso, notando a curiosidade do colega.

— De Mah, você diz? A Amarga? Neste caso... – Basie removeu uma adaga da cintura e se abaixou, dobrando os joelhos. – A deusa dessa gente já afundou um punhado de navios da minha família. Da minha gente. – Ele cortou a garganta das duas, metodicamente. Alonso desviou os olhos. Outras duas poças de sangue brotaram no chão daquele lugar. – Você fez um bom trabalho. Quase perfeito.

— Não o incomoda que a outra fugiu? – a modéstia, talvez ingênua, de Alonso não conseguia deixar de transparecer.

O jovem negro olhou para o seu interlocutor.

— Erro de principiante. Acontece. – Os seus olhos escuros miraram-no francamente.

Alonso começou a despir a parte superior do corpo e, de peito nu, inspecionou o dano de suas vestes. Felizmente, o fluido vermelho havia corrido para longe delas. Basie inspecionou-o. Era um rapaz magro e pálido, de estatura um pouco mais baixa que a média (talvez por causa da corcunda, constatou, talvez por conta de um resquício anão?). Quase não dava para notar, no entanto, tal característica pessoal. De fato, ele detinha até mesmo uma certa beleza. A sua pele branca clara, imaculada, era a de alguém que nunca se achegou ao trabalho pesado na vida. Basie já estivera em seus sapatos por alguns semestres.

— Então você é um desses maguinhos – constatou, vendo o rapaz reparar o manto e a camisa azul-celeste com nada mais que a ponta do indicador.

Alonso evitou comentar.

— Meu cocheiro já vem por aí.

— E o meu aguarda ansioso. A gente se vê.

Após chegar em casa, Alonso pediu que o criado do seu pai lhe preparasse um banho. Já o próprio Lamberto, o filho encontrou na cozinha preparando chá.

— Dia difícil? – comentou, ante a aparência cansada do garoto.

— Preciso de uns dias de folga – ele disse ao pai, observando o vapor escapar da chaleira. O cheiro de anis se espalhava pelo ambiente.

— Já era hora. Tome o tempo que precisar. E hoje, tossiu muito?

— Não. Acho que eu só precisava tomar um pouco de maresia.

Vadavel deixou-o na porta do banheiro. Ocupar-se-ia de suas atividades reptilianas enquanto o jovem cuidava das suas pueris atividades particulares.

Alonso deixou a roupa suja no cesto e se afundou na banheira quente. Submerso, a imagem da profetiza que literalmente o nocauteou veio à sua mente. Também veio a lembrança da sensação do corpo dela. A ânsia era quase angustiante. Mesmo ali, e ainda depois da violência que sofreu pelas mãos daquela mulher, não deixou de sentir também asco pelos seus próprios desejos, da cobiça por um corpo inerte, à beira de praticar um verdadeiro crime covarde contra alguém incapaz. Enquanto a sua mente mergulhava nas profundezas da culpa, o seu corpo parecia em contrapeso, sendo lançado na posição oposta. Logo, a água ficou parcialmente turva por conta de uma emissão espontânea e farta, evento que o fez recriminar-se ainda mais. Ele sentia nojo. Nojo pelo banho que parecia sujá-lo mais do que limpava, nojo do próprio corpo e nojo, sobretudo, ante a memória de sua mãe, que lamentaria um filho como aquele, que fantasiara violentar uma jovem.

Na manhã seguinte, o rapaz voltou à taverna de Chevron e se sentou ao bar. Pediu um copo de suco de laranja bem forte. Não muito depois, às suas costas, passou um mensageiro chegado a cavalo, que subiu ao segundo andar e logo ademais já partia. Terminada a sua frugal refeição, Alonso se levantou e foi procurar o intermediário. No escritório, encontrou a porta aberta e Kairus à mesa, em lugar de Emanuel.

— Ele ainda está em seus aposentos. Você chegou cedo – respondeu o adolescente-diabo quando indagado.

— Depois de quatro anos trabalhando com meu pai, não consigo mais acordar tão tarde. Então... sobre aquele incidente nas docas...

— O jovem Basie já tratou com ele, antes de alugar um quarto ainda ontem. Aqui está o seu pagamento. – Ele tomou um envelope de papel e depositou na mesa. Estava recheado de moedas.

— Tem mais serviço pra mim? – indagou o homem jovem, contemplando o rosto do adolescente, que era acariciado pela dúvida. Alonso tomou o seu pagamento e guardou no robe de mago.

— De fato... chegou uma mensagem. Há relatos de atividades anormais numa estrada ao leste daqui... – Ele levou as mãos ao queixo, ainda nebuloso. – Eu acho que senhor Calisto não se importaria se eu passasse este trabalho a você.

— Bem... Estou disponível.

— Vá até a Estalagem da Encruzilhada. Ela fica... bem... na encruzilhada, ao nordeste da cidade. Diga ao taverneiro que o senhor Calisto o enviou. Ele lhe passará as demais informações. Aparentemente a estrada que vai para o vilarejo da Campina das Palmeiras está mais perigosa que o usual. Alguns carros de suprimento foram atacados, causando atrasos.

— Aceito o contrato.

Alonso desceu para o salão e fez uma refeição mais completa. Ao procurar Chevron atrás de suprimentos para a viagem, ele os ofereceu sem custo, uma vez que era para uma empreitada da casa. Basie apareceu e comeu pão e queixo, pedindo que Alonso esperasse um momento.

— Pronto. Já podemos ir – ele disse, finalmente.

— Você também?

— Discuta o pagamento, garoto – opinou o réptil.

— Emanuel deseja que eu fique de olho em você. Conversamos ontem. Ele me disse que magos são sempre raros e promissores, não entendo muito bem o que ele quer dizer com isso. De qualquer forma, ele quer que eu cuide de seu rabo – explicou pacientemente Basie.

— Já que é assim – Alonso balançou os ombros.

Os dois jovens se dirigiram à carruagem particular de Basie, pela rua. A neblina da manhã formava uma capa esbranquiçada no céu. O rapaz aristocrata pediu que o ex-escriba fechasse a persiana de folhas de madeira, fazendo o mesmo ao seu lado do carro. O seu cabelo crespo quase tocava o teto, por ele ser consideravelmente esguio. Alonso aquiesceu, incerto da razão, sentado à esquerda do companheiro. Um pequeno vão acolchoado os separava. Ele tomou o livro de feitiços e teoria mágica da cintura, sob o robe, e abriu diante do rosto, ciente de que aquela era a posição mais misericordiosa para a sua coluna vertebral. Camadas de luz e sombra recaíam sobre o papel em sucessão. Relia e meditava as linhas que ele próprio escrevera em uma outra ocasião. Vadavel continuava ali, sobre os seus ombros, como ele sempre jazia. Uma presença silenciosa constante. Basie já nem reparava mais. Ele riu.

— Você não gosta de conversa fiada, não é mesmo? – comentou o jovem escuro ao jovem pálido.

A introspecção característica de Alonso causava-lhe uma sensação seca, fria, na base de seu pescoço. A carruagem acelerava pelas ruas ainda adormecidas da cidade. Alonso desviou os olhos para Basie por um instante, brevemente reconhecendo o seu comentário.

O jovem da direita espiava a paisagem pelas frestas. Basie não sentia o tempo passar em sua contemplação. Os dedos da mão direita tamborilavam na coxa, enquanto a esquerda quase que dormitava no vão do assento. A monotonia era interrompida, ocasionalmente, por pequenas emissões de ambos os passageiros – suspiros, sussurros distraídos, gemidos e ranger de dentes. Basie ouviu Alonso fechar seu livro com um baque. Um suspiro de satisfação, de epifania, espalhou-se pelo carro. O garoto devolveu o grimório à sua cintura e, satisfeito, relaxou os braços. Basie sentiu a mão de Alonso recair-se distraidamente – e acidentalmente – sobre a sua.

Para a surpresa de Basie, Alonso não removeu a mão imediatamente, como ditava a costumeira convenção de cavalheiros em situações como aquela. Para a surpresa de Alonso, igualmente, Basie não libertou a mão dele da sua com asco, como esperava. Os dois ficaram assim, em silêncio, por um bom tempo. O galope dos cavalos e o girar das rodas, os únicos ruídos, censuravam aquele toque e quaisquer palavras que pudessem trocar. Os garotos evitavam se olhar. E continuaram evitando quando Alonso passou a acariciar a porção superior dos dedos de Basie com as pontas dos seus. Também não houve qualquer sinal de reconhecimento quando Basie retribuiu o afeto com o polegar direito, suavemente aprisionando o extremo dígito do companheiro de viagem. As mãos enfim se entrelaçaram, o elo entre dois jovens impassíveis como estátuas de mármore. O suor crescente, de ambos, acumulava-se onde a pele deles se encontrava, denunciando a inquietude interna dos dois músculos cardíacos, ansiosos, amedrontados e desesperados.

Em algum momento, o toque tornou-se desconfortável. Separaram-se. Alonso secou a mão no robe e abriu as persianas. Ele se recostou no banco, sentindo a brisa da janela acariciando a sua pele enrubescida. Adormeceu. Vez ou outra Basie roubava olhares de seu rosto fresco, praticamente juvenil, imberbe, relaxado. Caracóis castanhos recaíam na testa, as pálpebras seladas em quietude. Os lábios rosados entreabertos tentando-o a tocá-los. Basie resistiu, com dificuldade.

Em seu âmago, talvez os sonhos de Alonso tentassem reafirmar alguma coisa à qual ele queria se agarrar, pois os olhos adormecidos da sua mente tornavam a recair em uma paisagem que lhes era cada vez mais frequentes nos momentos de inquieta solidão: o corpo desnudo da profetiza de Mah. O rosto fino de traços gatunos, os seios pequenos e arredondados, o ventre delgado, repleto de gotas de água salgada... e a voz de Basie:

— Mano, desperta.

Alonso sobressaltou-se.

— Chegamos? – indagou. Finalmente trocavam palavras depois de cinco horas de viagem.

— Uhum — Basie se alongou, tentando alcançar a maçaneta. Sua mente ocupava-se com os procedimentos de fim de viagem.

— Basie – chamou o garoto da esquerda, à meia voz.

Basie se voltou e encontrou a face de Alonso voltada para ele, a qual se perdeu em contemplação de seus olhos negros profundos, furtivos, na sua pele de tom marrom-fechado e gosto suave, e no seu maxilar forte e angular, áspero por conta da barba raspada. Por fim, focou-se em sua boca apertada e carnuda, que beijou depois de um momento de olhar silencioso.

Os lábios de ambos se massagearam com ternura, devagar. Deixando-se levar, Basie fechou os olhos. O corpo todo arrepiou-se docemente, mas se afastou de súbito ao sentir o prepúcio a recuar-se de mansinho. Tinha medo de Alonso. Tinha medo do próprio corpo. Saiu para fora do carro parado e deu alguns passos pelo chão empoeirado.

Alonso chamou o companheiro pelo nome.

— Nenhuma palavra sobre isso – respondeu Basie, censurando-o, grave, sem olhar para trás. Ele cambaleava por conta do mal de débarquement enquanto se movia. — Isso que você fez na minha boca, isso é coisa de Evana. Nem sequer uma palavra! – disse ele, referindo-se à execrável titã da carne, principal responsável pela Calamidade ocorrida menos de meio século atrás. – Vou tomar uma birita, recomendo o mesmo pra esfriar teu cio – continuou e caminhou para a taverna da encruzilhada.

— E eu vou esticar as minhas pernas – respondeu Alonso. Recostou-se a uma cerca de gravetos secos na encruzilhada, cruzando os antebraços. Diante dele, num canteiro de lavandas que dançavam ao vento, jazia um singelo santuário a Bandoleiro, o deus do viajante. Aquele era um ponto de razoável importância, que ligava Renúncia à Campina das Palmeiras, o vilarejo a nordeste, e também à pequena cidade portuária de Oeste Final, e ainda às inúmeras aldeias de pescadores que salpicavam o norte da Costa dos Martírios. Como a maior parte da carga era transportada pelo Mar do Martírio, diminuto era o destacamento destinado àquela junção, e restava à população que se protegesse por conta própria, tarefa geralmente passada, com relutância, ao grupo que se denominava Sicários, uma milícia armada, da qual Emanuel Calisto aspirava a participar, integrando a eles os seus prestadores de serviço, grupo que incluía os dois jovens que ali se afetavam.

Ali parado no canteiro no meio da encruzilhada, o garoto se sentia no limiar do mundo. Foi tomado por uma crescente *wanderlust*, tentado a abandonar a sua missão e a se entregar ao chamado da estrada, do Bandoleiro, que diversas vezes fazia até mesmo pais de família desaparecerem pelo mundo.

Basie aproximou-se da bacia ao lado da porta. Primeiro ele lavou o rosto e depois viu o seu próprio reflexo na água. O quanto de sua identidade fora esculpida única e exclusivamente de modo a antagonizar o seu lugar no mundo? Abandonou a redoma de seu lar tão cedo tomou consciência de que já conseguia empunhar uma espada, que, por sinal, trocou pelo machado, uma vez que ele a associava à nobreza. Como primogênito, era o seu dever manter-se fora de perigo e aprender o ofício do pai. Uma outra coisa que esperavam dele era que continuasse a longa linhagem de sua família, que espalhasse a sua semente pelo mundo. Ele sorriu. Talvez fosse essa a natureza de sua relação com Alonso, desde o momento em que o vira ensanguentado no chão de um casebre, ou talvez até mesmo antes, à luz de uma janela. *Rapazes direitos não deveriam brincar com outros rapazes* – pensou – *muito menos arriscar a ira dos deuses*. Ele recuou para a porta e olhou para fora. Alonso conversava com os rapazes do estábulo. Basie sorriu outra vez, admirando o colega de perfil, olhando os lábios rosados dele se mexerem, com o céu azul de nuvens branquinhas servindo de plano de fundo. Ele tinha uma beleza ingênua, inocente, engraçada. Isso o preocupava. Ingênuo e engraçado demais para este mundo. Não duraria muito, e o seu fim seria triste. Voltou enfim para dentro e se sentou ao bar.

— O príncipe Belavie! Hoje mesmo os seus empregados almoçaram por aqui.

— E aí, Javier, qual é a novidade?

O taverneiro loiro de meia-idade esfregou um tecido sobre o balcão e colocou-se a preparar um drink para o jovem aristocrata.

— O de sempre, Basie. Nestes cantões, o pessoal que precisa andar sempre se ferra.

O garoto tomou do melhor água-mel disponível naquele bar e refletiu:

— Alguma coisa destoante?

— Destoante? – Javier levou a mão ao queixo. – Além da caravana atacada há três dias... apareceram alguns corpos de viajantes mutilados. Dois ontem e um hoje. Você sabe... temos a floresta ao lado e bandidos pelos caminhos. A beira da estrada é repleta de covas. Mas este caso tem sido bem diferente. Animais matam para comer, e bandidos matam para tirar as pessoas do caminho. Já esses corpos... parece que foram desmembrados com força bruta... várias fraturas e hematomas no corpo.

— Você os viu em primeira mão? – Basie disfarçou um arroto – Os corpos?

— Um eu mesmo tirei da beirada da estrada. Todos eu enterrei – Javier entortou ligeiramente a garrafa, oferecendo uma segunda dose.

— Tô de boa. – Basie ergueu a mão. – Cê sabe de mais alguma coisa?

O homem espalmou as mãos na tábua e olhou para o chão a pensar.

— Bem... faz uns dias que não vejo o elfo caçador. Filho adotivo da velha curandeira. Ele sempre traz uns faisões pra mim. Tá sumido faz uns dias, sim.

— Onde ele mora? Alguém já foi olhar?

— Ainda não. Se você quiser verificar, fica acolá. – Ele apontou na direção da parede de madeira, para o nordeste. Basie agradeceu, deixou duas moedas sobre o balcão e se despediu. Ele não encontrou Alonso do lado de fora. Provavelmente partira em busca de outra pista.

Tente não morrer, mano.

Basie contornou os fundos da taverna e seguiu pela pradaria verdejante. Não foi difícil encontrar uma trilha no meio da vegetação. O rapaz conseguia quase visualizar o roceiro abrindo caminho com a foice a golpes largos. Mt. Desterro crescia no horizonte como um titã de rocha maciça, dizem, o epicentro da calamidade de décadas atrás. Muito tempo depois, quando já supunha que precisaria embrenhar-se na mata de Renúncia, ele por fim encontrou um alojamento de caçador bem singular, à beira da floresta.

Alguns caçadores cultivavam cogumelos e ervas venenosas em seus jardins, mas aquele estava repleto de plantas medicinais de toda sorte. Basie não conhecia todas, mas podia fazer uma asserção quanto ao seu propósito com base na aparência delas. Ao canto, destoante, achava-se uma cova rasa. "Vovó", uma lápide de lasca de árvore a denominava.

Basie já sabia o que encontraria dentro da moradia, baseando-se no odor que sentiu ao subir a pequena colina na beira da floresta. "Duas tragédias", sussurrou. Duvidava de que precisaria deles, mas foi sacando o machado e erguendo o broquel por precaução. O que achou na cabana foi um emaranhado revoltante de tripas e sangue em poças viscosas. O líquido vermelho e os retalhos de vísceras invadiam um círculo rúnico pontuado por cera esparramada sobre as finas tábuas marrons. *Clássico. Vovó morre. Menino fica sozinho. Menino tenta fazer pacto com o diabo. Ritual dá errado. Menino morre.* Quase completamente cobertos por moscas, parte do torso e uma cabeça com olhos leitosos e boca escancarada escondiam-se debaixo da mesa. Fora uma vez um homem jovem, elfo da floresta, pouco mais velho que o próprio Basie. Mandaria alguém queimar a casa assim que possível. Abandonou a morada e voltou para o jardim. Abaixou-se e colheu umas folhas de hortelã do chão. Ergueu-se e tomou uma pederneira, uma bolsa de pano estreita e uma folha de papel de seda de dentro da algibeira. Derramou o cravo moído com tabaco na superfície do papel, adicionou-os à hortelã e enrolou o cigarro. Desceu a colina deixando atrás dele um rastro de fumaça aromática. A brisa balançava o capinzal ao seu redor.

Alonso seguia as direções indicadas pelos rapazes do estábulo. Aparentemente um deles ouviu vozes guturais e animalescas enquanto urinava nuns vegetais silvestres, o que lhe teria levado para tal local remoto permanecia um mistério. O garoto notou uma pequena colina que terminava abruptamente em um barranco. Vadavel notou o cheiro diabólico com seu faro aguçado. Ele alertou o fato para o seu parceiro, que aquiesceu. O rapaz aproximou-se do barranco. Uma infinidade de bolinhas de barro marrom dava lugar a uma fenda na pedra como um canal cervical. O duo entrou na gruta para encontrar uma cena de impasse. Três criaturas disformes como poças de lodo com braços e cabeças jaziam dispostas diante de um ser de aparência jovial. Primeiramente, o estranho de pele vermelha e um par de chifres pontudos deu-se conta da presença de Alonso e tentou comunicar-se com ele por meio de um idioma gutural e desumano. O mestiço demonstrou a sua falta de entendimento com uma expressão caricata de dúvida no rosto, para que não houvesse demais ambiguidades.

— Desculpe, força do hábito – disse o estranho na língua comum, limpando a garganta. A sua força de presença era jovial e ancestral, simultaneamente. – Não conseguirei manter controle sobre elas por muito mais tempo. Pessoas já morreram por conta do... acidente que nos trouxe ao Continente. Isso é terrível para os negócios. Ajude-me a mandá-los de volta ao Inferno, por favor.

— Lêmuras são criaturas temperamentais – constatou Vadavel. O duo lançou os feitiços de proteção habituais. A bengala de Alonso brilhou em runas. Os olhos do iguana resplandeceram azuis e um emaranhado de vinhas cobriu o solo rochoso. O mestiço ergueu a mão esquerda, apontou o indicador para um dos diabos e enunciou uma maldição. Pulgas, ácaros, vermes e toda sorte de parasitas cobriram a superfície do lodo senciente. No entanto, a criatura pareceu pouco afetada. Sua vã tentativa serviu apenas para alertar a presença dele a ela e a sua campanha. Viraram os seus rostos irados e imbuídos de dor existencial na sua direção e partiram para o ataque.

As vinhas de Vadavel fizeram a sua parte e moveram-se violentamente. Incontáveis chicotes verdejantes e laureados de folhas serradas entrelaçaram os diabos de lodo e os prenderam onde estavam.

O rapaz andava na direção da lêmura mais próxima, inserindo-se mais profundamente na gruta parcialmente iluminada pelo Sol da tarde.

— Vadavel, você as conhece bem. O que são essas criaturas?

— Quando um mortal vai para o inferno, a sua alma é torturada e atormentada até ser destruída. Seus restos apodrecidos formam um lodo primordial, de onde brota uma lêmura. Pouquíssimo resta do mortal que certa vez a formou, tanto que não mais carregam nem mesmo o seu Nome. Faça-as dormir, Alonso! – disse o lagarto abraçando os seus ombros, notando que os monstros começavam a revoltar-se contra as vinhas.

O rapaz obedeceu. Por meio de algumas palavras livres de semântica coerente e uma suave cadência silábica pontuada por gestos delicados, o jovem mago fez duas das três criaturas perderem os sentidos. Vadavel saltou dos ombros do rapaz e rastejou na direção da lêmura que permanecia acordada, contorcendo-se contra as vinhas. Aplicou-lhe uma mordida na superfície grotesca de sua pele que praticamente não lhe afetou.

— Alonso, ajude-me, rapaz.

Alonso riu de leve e foi ajudar o seu parceiro. Ele voltou-se para o ser das trevas que assistia a tudo pacientemente do fundo da gruta.

— Diabo, meu companheiro, o que fazes?

O ser diabólico, dotado de uma refinada blusa abotoada até o pescoço, retesou-se.

— Eu sou um burocrata, não um soldado! – disse, e tomou uma lâmina diminuta de seu cinto, passando a picotar a lêmura mais próxima. – Ah, tudo bem, desde que adiante o fim desta charada sem graça.

Alonso desceu o bastão diversas vezes para nocautear a lêmura diante dele e eletrocutou as outras duas lentamente até se tornarem uma pilha de lodo inerte. Fizera isso com um feitiço de raio, lançando arcos relampejantes de sua mão esquerda. O rapaz recebeu alguns arranhões e cortes, resultado de suas vãs tentativas de defesa. O diabo burocrata suava e suspirava, tendo feito praticamente nada.

— O *daemon elegantiarum* que chamou os mortais de fracos mentiu miseravelmente – disse ele, indo em direção à única lêmura que resistiu ao sono de Alonso. – Já você, criatura, merece uma recompensa. – Ele fez um corte na própria mão e deixou que caísse sangue de sua palma na superfície do diabo nocauteado. – Eu, Epicuro, batizo-o com sangue e poder. Seu nome é... hmm... – o burocrata voltou-se para o rapaz que servira a seu propósito. – Seu nome é Cavernosum, Alonsii triumphi.

As vinhas se desfizeram em poeira. A lêmura despertou e foi assolada por convulsões profundas, gritando de dor enquanto a sua crosta externa era quadriculada por rachaduras espontâneas. A besta parou de mover-se e assumiu a forma de um casulo. Epicuro, o diabo burocrata, aplicou-lhe um chute que a fez desmoronar. De dentro da ruína da lêmura saiu um monstro alado. A nova criatura tinha o tamanho de uma criança pequena, uma face com feições répteis, chifres e orelhas pontudas e um par de asas compridas que lhe faziam flutuar magicamente em volta de Epicuro.

— E assim nasce um *diabrete* — comentou Vadavel.

— O milagre do nascimento... — sussurrou Alonso, já farto do espetáculo grotesco do qual tomara parte. — Acabou? Vocês dois deixarão a encruzilhada em paz agora?

— Você tem a minha palavra, mestiço. — Ele deu uns passos na direção do jovem. — Posso pedir emprestado o seu foco arcano por um segundo? Deixei o meu lá no inferno.

Alonso ofereceu-lhe a bengala.

— Agradeço. Epicuro, o Ressonante, deve-lhe um favor. Eu me lembrarei de você, garoto. — O jovem ficou em dúvida se o fato de ser lembrado "pelo próprio diabo" era uma coisa boa ou ruim.

Epicuro tomou alguma distância, bateu o chão com a bengala e fez abrir-se um disco em pleno ar. A brecha dava para uma paisagem infernal, de céu vermelho e cânions amarronzados. Vamos, Cavernoso. Mas o diabrete voador recusava-se a aproximar-se de Epicuro.

— Pois bem, fique aqui se você quiser. — Ele deu uma boa olhada para dentro do portal com o cenho contraído e relaxou os ombros, derrotado. — Eu não o culpo. Hora de voltar aos meus afazeres. — Ele jogou a bengala de volta para Alonso, que conseguiu apará-la no ar. Epicuro atravessou a fenda. O portal fechou-se atrás dele.

Capítulo 4

ALGUNS PRÓLOGOS

Alonso nasceu de uma família sem renome em particular, nos subúrbios de Renúncia. Apreciador de uma boa leitura de fictícios e turísticos, gosta de imaginar lugares que não consegue visitar. É especialmente atraído por obras de cunho interativo. Viveu sua infância e adolescência na casa da família, com os pais, a avó e as suas duas irmãs mais velhas.

Ele teve uma educação típica de um comerciante ou artesão intermediário. Aos 16 anos, fez a sua entrada no mercado de trabalho com o pai, auxiliando-o em sua modesta barraca na feira livre, revendendo miudezas e comercializando a cerâmica tradicional produzida por sua mãe, avó e a suas duas irmãs gêmeas. Foi então que descobriu que não possuía nenhum dom aritmético, tampouco herdara os passos da dança barganhesca tão orgulhosamente cultivados por seu pai. Não importava o quanto tentasse ou se esforçasse, Lamberto Libório era incapaz de incutir a sua sabedoria na cabeça daquele jovem rapaz. Não apenas terreno infértil, era como se Alonso de fato repelisse qualquer número que chegasse aos seus olhos ou ouvidos. E o que ele tinha de honestidade, também tinha de introversão em proporção equivalente.

Certo dia nublado, enquanto Alonso anotava o pedido de um freguês, passo a passo, ele redescobriu a sua familiaridade com as letras e a sua meticulosidade detalhista que beirava a compulsividade. Lamberto descobriu algo que ele jamais soubera que precisava: um escriba.

Ele sempre enxergou o apego de seu filho à prosa irreal com um certo receio, incapaz de discernir qualquer aplicação prática aos seus talentos inatos. Depois daquele dia, entretanto, Lamberto, aos poucos, deixou de considerá-lo um aprendiz em potencial para se dar conta de que de fato tinha, ao seu lado, um funcionário com características próprias. Pela primeira vez sorriu enquanto via a silhueta de seu filho no interior da barraca, prostrado sobre uns pergaminhos, de costas com o cabelo castanho desgrenhado contra o pano de fundo da praça do obelisco. Havia algum raro frescor no ar.

Os próximos anos passaram-se como um borrão e, de uma maneira ou outra, Alonso encontrou-se no balcão de uma taverna, levemente ébrio, órfão de mãe e mago em treinamento. De alguma maneira ele conseguiu atribuir significados prosaicos à trama mágica. Quando outros atribuíam significados por meio de equações complicadas e diagramas, o mestiço, amante de Literatura e de História, transformou aquela teia de pontos luminosos interligados em uma espécie de gramática fluida. Feitiços, para ele, não passavam de sintaxe e rituais, semântica. A magia de Minerva decifrada como um idioma em prosa. Ainda, no entanto, trabalhava com seu pai, de modo que as artes arcanas não passavam de recreação.

Social e matematicamente incompetente, Alonso não era o parceiro de negócios ideal, mas conseguia fazer-se útil – os seus pergaminhos com truques mágicos simplíssimos figuravam ao lado do artesanato na larga quitanda do seu pai, a quem eram motivo de orgulho, e era isso que importava. Lamberto era ciente das numerosas limitações do filho, mas amava-o acima de todas elas. Estava feliz com o nicho que Alonso descobrira para si próprio, no qual poderia florescer. Entretanto, tal domínio da magia não surgiu de repente. Foi um processo que levou cerca de três anos, tendo como ponto-chave uma viagem ao interior.

Ora, essa viagem aconteceu no verão escaldante e empoeirado do subúrbio. Aos 17 anos, a coluna curvada de Alonso já causava alguma preocupação, além de a tosse seca ser também uma companheira frequente. Temendo pela saúde de seu filho, precocemente drenada, dona Eliza, sua mãe, enviou-o em uma expedição a Diorano, um vilarejo ao norte da cidade de Dez Passos e supostamente mais salubre que os desgastados subúrbios da capital de Renúncia.

O vilarejo parecia acolhedor o bastante, desde que se ignorasse a sombria milícia em voga. Em uma noite inquieta, ele finalmente venceu os seus receios de menino tímido, virgem, e se aproximou de uma jovenzinha camponesa que particularmente atiçou o seu sangue. Ela viu alguma graça, algum encanto naquele menino desengonçado e miúdo, algo de exótico em seus ares intelectuais. E paradoxalmente atraída pelo que ela normalmente evitaria nos homens, deixou-se embalar pelo que lhe era normalmente estranho. Conquanto nem seus pais nem as suas amigas descobrissem, estaria tudo bem. Usou um nome falso, desimportante, que, de qualquer maneira, seria brevemente esquecido pelo fedelho.

No modesto quarto de estalagem que alugava, Alonso finalmente descobriu os segredos do sexo oposto, e, também, alguns do seu próprio. Não suspeitava que a sua qualidade de forasteiro fazia com que quase todos os olhos daquele lugarejo recaíssem sobre ele, inclusive os de uns homens milicianos que ocupavam uma das mesas a algum canto.

Depois de desfeita a conjunção, e novamente sozinho nos seus aposentos, Alonso foi tomado pela súbita euforia de um garoto recém-desvirginado. Risinhos iluminavam a sua face. Sentado displicentemente à cabeceira, ele se dava conta de que não tinha mais razões para sentir-se inferior aos outros rapazes da feira que riam às suas costas. Levantou-se, vestiu-se e foi ao salão principal em busca de algo para comer. Logo na escada, deu-se conta de que alguns milicianos em trajes azuis olhavam para ele com expressões difíceis de decifrar. Alonso sentiu uma ponta de medo.

O quinteto ocupava o canto da taverna como uma bruma anil. Como se em resposta, os cinco ergueram as canecas em sua direção e lançaram um berro esquisito em coro, que Alonso logo reconheceu como as primeiras notas de uma canção obscena e explícita sobre as façanhas da juventude. Quando o jovem chegou ao patamar, ainda atordoado, foi empurrado por algum desconhecido até o pé da mesa do canto, e forçado a sentar-se.

O resto da noite foi um borrão ébrio regado a água-mel e amendoins salgados. Ele lembrava, vagamente, que, em algum momento, foi para a rua e cruzou caminho com alguns comerciantes. Talvez isso explicasse os diversos achados que fez em seu quarto na manhã seguinte. Entre eles, havia outro homem, também naquele recinto.

O meio-elfo acordou nu, de nádegas para o alto, em uma poça no chão do aposento alugado. Ao seu lado, jazia seu companheiro de noitada, este de uns 30 anos e esbelto, também desprovido de roupas, porém ainda mais desnorteado que ele. Algumas lembranças vagas e obscenas apareciam nas beiradas de sua mente. Ora Alonso aparecia nelas como agente da ação, ora como paciente.

Ele fizera mesmo aquela coisa supostamente execrável com aquele sujeito barbudo – e peludo – largado no chão ao seu lado? E os dois sobreviveram à noite, sem provocar a ira mortal dos Deuses Clericais?

Logo, Alonso, ainda aturdido pelas lascivas lembranças, deu-se conta do "pó, pó, pó" de uma galinha-d'angola que desfilava em volta de ambos os homens. Uma sorte de quinquilharias aleatórias também jazia por ali, acima da cama ao lado do casal. Ao lado de um ioiô e de um buquê de tulipas, uma bolsa algibeira tombava de lado, vomitando o seu conteúdo nos lençóis. Este era especialmente estranho: alguns itens até cheiravam mal, havia olhos de animais, saquinhos de pó de procedência suspeita e gemas de pouco valor. Guardou tudo de volta na bolsa e empurrou com o resto da tranqueira para fora da cama enquanto se deitava. Tomou nota de um ruído em particular, familiar, de um livro que foi ao chão. Como era amante da Literatura, faria questão de ver do que se tratava mais tarde, assim que a moleza e a dor de cabeça passassem.

Alonso descobriu já há algum tempo as escolas filosóficas de magia estavam além da sua compreensão, como tudo o mais que pudesse ser remotamente considerado lógico ou matemático. Então, para a surpresa de ninguém, foi tamanha a decepção e o autodesprezo que lhe assolaram assim que os seus olhos recaíram nas páginas amareladas.

Em desgosto, ergueu-se do jeito que estava, foi à porta e chamou um jovem que ali estava. O embaraço do ajudante ante a imodéstia do homem mais ou menos de sua idade logo se esvaiu quando avistou duas moedas de cobre em sua mão. Alonso então ordenou por intermédio do guri que não o incomodassem, de modo que suas refeições lhe fossem deixadas ao pé da porta e similar tratamento fosse dedicado ao pote de despejo, porém em ordem inversa. Alonso trancou-se de volta no quarto e se sentou na sacada aberta para a mata, cuidando de não molestar o ponto permanentemente dolorido em sua lombar, e fechou os olhos. Meditava. Apenas ouvia o ronco do seu curioso amante, que não dava sinais de que despertaria em um momento remotamente próximo

Depois de vários minutos silenciosos, enxergou, por fim, com o seu sexto sentido que despertava, a infindável constelação de pontos luminosos interconectados que compunham a tessitura mágica. Alguns eram capazes de acessá-la já do berço, alguns se desenvolviam nesse âmbito ao longo da vida por vontade ou acidente, um número ainda menor extraía alguma utilidade notável de tal dom. Alonso, com muito desgosto, não era um deles.

Ele conseguia enxergar a trama mágica clara como o dia, mas aqueles pontos luminosos e fios de puro poder eram, em sua maioria, frios e insensíveis aos seus olhos. Vazios de significados. Feiticeiros eram capazes de atribuir sensações e sentimentos a cada um deles, e o processo de conjurar um feitiço era uma questão de um tato cada vez mais apurado. Magos, por sua vez, abstraíam significado daquela rede por meio de uma linguagem científica e calculada, com diagramas, equações e construtos lógicos arraigados em sua psique. As duas classes, ambas, usavam o seu talento para rearranjar os fios do tecido de Minerva que recaem sobre todo o mundo, desligando-os de alguns pontos e os conectando a uns outros, consequentemente produzindo efeitos tangíveis no mundo físico.

Para Alonso, no entanto, tal tecido era insondável. Com lágrimas e suor, ele permitia, a despeito da inutilidade do seu esforço, que a sua psique vagasse por entre aquela teia, indiferente a quantas horas se passavam no mundo exterior. Nem mesmo notou quando o *paramour* havia acordado e se retirara, sem dúvidas sentindo-se tão encabulado quanto ele próprio.

Sondando a tessitura mágica, aquele não-lugar desolado e vasto, Alonso não imaginava que alguém o estivesse sondando de volta. A sensação lhe deu calafrios.

Os dois pares de olhos de esmeralda se escondiam na escuridão entre as teias de luz, permanecendo a um mesmo rosto. Alonso pensou em fugir, mas, antes que retese a projeção psíquica, uma voz reconfortante chegou aos ouvidos de sua mente.

— Não tenha medo. – A estranha presença moveu os braços envoltos em mangas folgadas que pendiam no vazio. Clamava por Alonso.

— Um anjo?

O ser fechou os olhos, meneou a cabeça e logo fez a sua voz luminosa, mística, soar outra vez.

— Eu sou Vadavel, o Príncipe Lunar. Aqui me encontro como prisioneiro.

— Prisioneiro dentro da Trama? Como isso é possível?

O jovem aproximou-se da presença majestosa, agora curioso.

— Liderei o exército de meu pai contra os povos de Crysalis, precursora de Tessellis. Em sua paranoia, ele temia que os mortais invadissem o Bosque dos Sonhos. Em consequência, ordenou-me a reunir os seus exércitos e a marchar sobre as ruínas de Afrodite, a antiga cidade Forasteira.

No pequeno interlúdio entre uma frase e outra, Alonso interveio, chegando a uma conclusão súbita.

— E você foi derrotado. Mas como veio parar aqui?

— A Trama foi criada, imprescindivelmente, para servir aos mortais e aos seus mestres alienígenas. – O príncipe fechou os olhos por um momento, pensativo. – Aqui fui aprisionado porque me era estranho. A maior parte de meu poder não significa nada nesta gaiola dourada.

Alonso deu um sorriso cansado.

— Eu lamento o seu fim, meu claro interplanar.

— Isso não precisa ser o meu fim. Se lamenta, aja. Ajude-me a recuperar pelo menos uma parte de meu corpo de dentro da prisão multiplanar à qual fui agrilhoado.

— Eu não posso – Alonso olhou para as próprias mãos em um gesto de impotência. – Eu não consigo nem mesmo estourar caroços de milho com o meu poder mágico. – Olhou então para o rosto embaçado do seu interlocutor. Toda a sua forma era um espectro azul-prateado de pura energia. – Certamente eu não sou o único a passar por aqui.

O Príncipe Lunar sorriu.

— A grande maioria dos magos não precisa sondar tão profundamente a rede antes de achar o que procura. Ademais, estão por demais distraídos com as suas teses para se darem conta do que espreita na escuridão. Além desses, os poucos com quem troco palavras, a mim temem e recusam auxílio.

— Certamente eles têm razões para temê-lo.

— Meus detratores morreram há muito tempo. Revanche, então, me é impossível. E o pouco que eu sei do mundo externo indica que quase nada restou dos esquemas e contratos infelizes do Rei do Luar. A influência dele já é quase nula no seu mundo, pequeno mestiço. Faltam-me razões para molestar Crysalis como fiz um dia.

O rapaz contraiu pena por aquele espírito perdido.

— Eu não posso ajudá-lo, mas prometo que o virei visitar sempre que houver possibilidade.

— Se essa é a sua vontade, deixe-me facilitar o nosso laço. – Vadavel tocou a palma da mão no umbigo magro do garoto. Um tênue barbante dourado surgiu do orifício, tendo a outra ponta presa no peito do príncipe espectral. Alonso segurou o estranho cabo flexível com ambas as mãos e o desencaixou, desconfiado. A facilidade daquele ato dissipou a desconfiança. Refez a ligação e tornou a olhar para o espectro. – Assim você ouvirá a minha voz onde quer que esteja.

Quando voltou à Renúncia, Alonso então conectou o laço místico a seu iguana de estimação. Gostaria de atribuir um rosto – ou um focinho – às vozes de sua cabeça. O ego do animal era tão minúsculo que foi completamente subjugado pela psique de Vadavel, o qual passou a usar o réptil como dublê de corpo.

Nos anos que se seguiram, o jovem mago finalmente descobriu o método mágico mais favorável a um jovem escriba – a gramática mística. De fato, dificilmente era ele o primeiro a descobri-la. Vez ou outra tratados acerca daquele método brotavam nas Universidades, porém, por ser um método bastante estranho e incomum, tornara-se um círculo insondável dentro de outro círculo que já não era muito aproximável por si mesmo. Em épocas menos seculares, aquele método era visto como um atalho para mentes pouco talentosas, até ser finalmente compilado integralmente por Priscila, a Preguiçosa, uma das figuras mais ilustres da Academia de Umbral, outro nome insólito de outra cidade grande.

Priscila fora a primeira estudante do gênero feminino naquela instituição. Ao ver que ela desaparecia do campus por quase uma semana todo mês, os seus colegas – e até mesmo alguns de seus professores – colocaram-na o seu curioso epíteto. Alguns simplesmente não tinham a menor noção sobre a anatomia feminina e suas particularidades, outros até mesmo eram conscientes da endometriose que acometia a jovem maga, mas ainda assim a chamavam como tal por puro escárnio. Não demorou muito para que Priscila percebesse que se justificar para aquela plateia era um ato infrutífero, pois a verdade não lhe fazia a mínima diferença – o que importava aos seus colegas era a gozação.

A tese de arcanismo dela sofreu ataques de todos os lados. Em primeiro lugar, porque era de costume, em segundo, porque consistia no método daqueles sem talento matemático. Entretanto, Priscila, a Preguiçosa, e sua tese resistiram a todas as críticas, das justificadas às injustas. No fim, resolveu manter aquele epíteto por puro despeito. Os seus admiradores também passaram a usá-lo por aquela razão. Alguns de seus críticos, por sua vez, sentiram-se como alguém que supriu a sua própria corda de enforcamento.

Duzentos anos depois, por acaso e por destino, *A Singela Compilação Sintático-Gramatical* de Priscila, a Preguiçosa, surgiu na Quitanda do Lamberto e foi devorada por Alonso, um jovem cujo posicionamento na pirâmide social e cuja falta de sangue nobre jamais permitiriam que pusesse os pés em uma Universidade, pelo menos tão cedo. No entanto, Letras nunca foi um mistério para ele, muito menos foram as ideias de Priscila, a qual certamente adoraria tê-lo como aprendiz, seja lá onde ela estivesse. Seu paradeiro era atualmente desconhecido pela Academia. Magos podiam viver indefinidamente, mas, não raramente, desapareciam sem deixar vestígios.

***

Há alguns minutos, Basie subira, taciturno, os degraus esculpidos no rochedo sobre o qual jaz o palácio de primavera dos Belavie. Já naquela jornada, ele se lembrava da hostil conversa travada com o pai ainda na véspera.

— Se você quer se aventurar pelo mundo como um sicário, um reles mercenário, sinta-se à vontade. Mas só o permitirei após me ceder uma prole! — Adamastor cutucou a lenha da lareira com o atiçador, mais por ira do que por frio. — Você não vai jogar a sua vida fora agonizando em uma sarjeta qualquer enquanto arruína definitivamente o meu legado.

Pois bem. Agora, o garoto negro de 22 anos já se sentava ao banco na antecâmara do aposento de Genevive Alfons, a sua prima de quarto grau, a qual sem dúvidas também se preparava para recebê-lo. Basie levou as mãos ao rosto, um tanto desolado. Ele não desejava que aquilo acontecesse daquela maneira, mas seu pai usara os seus genes para privá-lo da liberdade da qual tanto ansiava.

Filemina, fiel súdita dos Alfons, adentrou discretamente aquela alcova onde o jovem se refugiava de sua responsabilidade, aguardando ansiosamente do outro lado da espessa porta de madeira com a temática de sátiros talhados em sua superfície. A cor azul do recinto, que deveria invocar serenidade, de nada servia e, da janelinha à sua frente, já quase não entrava luz naquele fim de tarde, deixando visíveis apenas a silhueta das colinazinhas florestadas de Dez Passos.

— Compreendo que já esteja na hora, caro senhor. — A caseira Filemina carregava consigo uma saladeira na palma direita, a qual destampou com um gesto elegante da outra mão enluvada.

Basie, abatido, vislumbrou o objeto marcado por delicados traços gravados no aço. *Agora são ninfas...* Filemina colocou-se diante da mesinha de centro, cuja quina oposta quase tocava os joelhos do rapaz. Em seu tampo, bem no centro, uma bacia preenchida por dois palmos de mel aguardava fazia duas horas os demais ingredientes do elixir. De uma só vez, a mordoma despejou as ervas da saladeira na bacia e tomou de um pajem de cabelo castanho que surgira ali silenciosamente um bule de água morna. Por fim, o serviçal despejou o líquido no mel coberto de folhas verdejantes que se assemelhavam em formato àquelas da laranjeira. Fez então um gesto discreto a Basie, o qual tomou a deixa e não hesitou ao beber toda a mistura em longos goles, sem fazer pausas para respirar. Sentindo calor por conta do caldo ingerido, desfez-se da camisa e recostou-se. O pajem espiou-o displicentemente, vislumbrando o futuro que o seu próprio corpo guardava para si.

Basie era um rapaz de porte alto, cabelo bem curto e torso musculoso. O seu corpo era esguio, do qual o peitoral sobressaía-se sutilmente, do mesmo modo que os pequenos relevos quadrados logo abaixo, na barriga.

Sem mais cerimônia, a caseira fez mais uma dose da bebida e, diante da recusa de Basie, farto, chegou perto dele e fê-lo tomar o liquido à força, que engolia e se engasgava, permitindo que a mistura fertilizante transbordasse de seus lábios e escorresse pelo queixo, pescoço e peito – apenas um lembrete da decadência à qual mergulhara o seu clã nas últimas décadas, constatara Basie. Por sua vez, Filemina respingava o chão e a si mesma sem pestanejar.

Terminado o rito, o pajem foi até a porta do aposento, abriu-a e avistou outra coisa que lhe chamou muito a atenção. Genevive sentava-se à penteadeira, concedendo os últimos retoques a sua beleza – muito mais preocupada em agradar a si mesma do que a Basie. Ela o olhou de soslaio. *Sim, ele ao menos parece ser fértil. Talvez ambos tenhamos algum valor à nossa família maldita depois de hoje.*

Este se colocou ao lado do pajem e admirou aquela a quem se ajuntaria em poucos minutos. Tal singela certeza já foi o bastante para fazer o seu sangue jovem ferver. Ele avistou o relevo do seio esquerdo da jovem, o qual era visível por debaixo do quase transparente véu branco e sentiu vontade de alimentar-se dele tal como a sua futura prole certamente o faria. *Sim, ela parece mesmo fértil. Talvez depois de hoje eu tenha algum valor ao meu pai*. O pajem se despediu, fazendo menção a fechar a porta dupla, mas Basie o admoestou.

— Não, deixe-as abertas. Você, vá embora, mas quero que a caseira nos observe. Filemina, sirva-me de testemunha, já que você é tão fiel aos ritos dessa tão tradicional família. Não quero que restem dúvidas aqui. – Pensou em seu pai. *Hora de colocar um fim nisso e nunca mais precisarei revê-lo.*

O garoto escuro e esguio então decidiu por sentar-se no enorme leito enquanto Genevive terminava os ritos dela. Ele observou as costas da jovem, lindíssimas e da cor de obsidiana, que terminavam em sutis, porém lindíssimas nádegas. O seu falo enfim terminou de se aprumar, ao passo que a prima de quarto grau se borrifava de perfume, fazendo pairar gentilmente o aroma de morango.

Basie jazia na beirada da cama. O corpo fervendo, as pernas musculosas abertas e os pés descalços tocando o chão de piso gelado. A prima se aproximou devagar, o seu comprido cabelo liso e escuro como a noite se ondulava conforme ela desfilava até ele. Genevive então montou nas coxas abertas do rapazola e o cobriu de beijos. Ele afundou o seu rosto no meio dos seios pendentes, lambendo, enchendo aquela ravina de saliva. Dominado pelo desejo ardente, Basie a jogou na cama e a penetrou pelas costas, quase que de pé. A concha úmida, cheirosa e amornada que era a vagina dela fazia todos os pelos da superfície da pele dele se eriçarem de uma só vez.

A mordoma então se viu obrigada a assistir o lado posterior do rapaz requebrar-se, violentamente – as suas nádegas marrons rebolando em ondas, enquanto o verso anterior se empalava, visível entre as coxas de ambos, contra a jovem que se acabava em gritos de fogosa agonia. Furioso, Basie girou o corpo da prima sem se desacoplar dele, para que pudesse outra vez contemplar a nudez da parente afastada. A face dela era o semblante extasiado de uma mulher estimulada pontual e ritmicamente em todos os lugares que importavam: o falo impetuoso de Basie friccionava-a sem pausa – a sombra, o rastro de sua cabeça carnuda acariciando o corpo dela por dentro, intimamente.

Uma convulsão profunda e localizada enfim subiu pelo ventre de Genevive, espasmos vertiginosos fizeram os músculos de sua barriga dançarem em fileira, ao passo que uma chuva fina recaiu no pênis de Basie e escorreu pelos bagos, como se a concha salgada na qual se encontrava cativo rejeitasse a água do mar. Foi então que o frangote rendeu-se totalmente. Dentro de cinco mergulhos profundos e intensos, insensatos, o rapaz gemeu alto, quase com amargura. O falo, contraindo e relaxando cada um de seus músculos em sequência intensa, desaguou um rio de sêmen em quatro estouros distintos.

Basie se apoiou no colchão com as mãos espalmadas. Ofegando, acariciou o mar de cachos em volta do rosto da amante e depois desabou devagar, primeiro em gotas de suor e baba, depois com o rosto de volta em seus seios plácidos, onde por fim dormitou enquanto ela afagava o cabelo crespo dele. Os seus corpos se desuniram de mansinho, por si mesmos. E nem notaram quando ficaram sozinhos no palácio, também não notaram quando sicários pagos por Adamastor ali adentraram, com o objetivo de se livrarem do filho insolíssito que já não tinha mais o menor valor, antes que jogasse o nome de seu clã na infâmia enquanto vivo.

— Basie, garoto, qual é a sua idade? – perguntou Genevive, intrigada por algum motivo.

— 22, por quê? E a sua? – Basie franziu as sobrancelhas finas. Por dentro, ele aproveitava cada segundo daquele momento de intimidade, com o seu hálito de hortelã preenchendo o vão de meros palmos entre os dois rostos.

— Porque eu me lembrei agora de uma coisa que o seu pai me disse. – Ela suspirou – Eu tenho 35. Você já é de idade. Que bom. Eu nunca sei dizer. Já será um peso a menos na minha consciência. – A preocupação do ramo dos Alfons era similar ao daquela dos Belavie: já na metade dos 30 anos, e se recusando a casar, temia-se que Genevive não teria filhos, deixando de passar para frente os seus genes. Ela continuou: – Mas você ainda é jovem demais para morrer. – Antes que Basie pudesse reagir àquele comentário por demais estranho num leito de núpcia, a jovem rolou pela cama e removeu uma cimitarra e um estilete de debaixo dos travesseiros, levantou-se no mesmo ímpeto em que se colocou de guarda, empunhando uma lâmina em cada mão. – Rápido! Os cafajestes de seu pai já devem estar vindo. Pegue o seu machado. Não olhe em volta como um energúmeno! Você provavelmente o deixou na antessala.

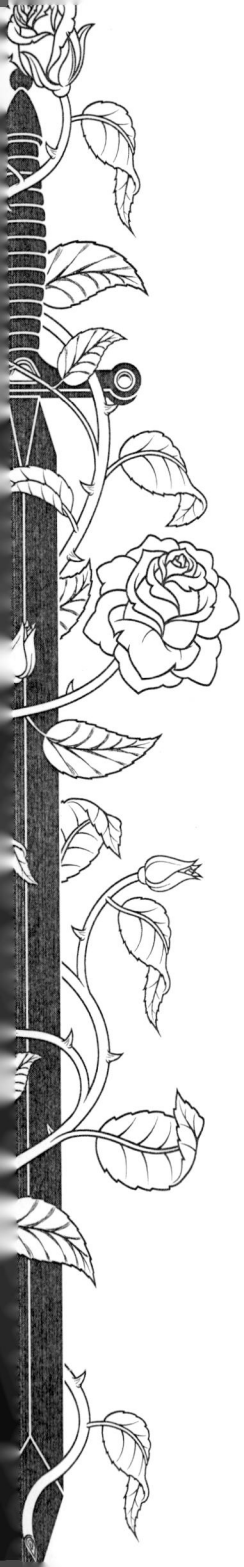

Capítulo 5

A CAMARADAGEM DE LITO

Kairus, de banho tomado, sentia na pele sensível o frio da manhã na sala comum da taverna, onde surgia uma corrente de ar sempre que a porta se abria. Lá, os inquilinos recém-despertos faziam a primeira refeição do dia, presos em seus ciclos perpétuos.

O jovem mantinha o cenho azulado fechado, temendo o pior. Ele havia confiado em sua intuição no momento de mandar aqueles dois rapazes, a dupla dos olhos de Calisto, em uma missão sem o consentimento do próprio. Imaginou que o intermediador, seu mestre e patrão, elogiaria a sua velocidade na tomada de decisões, mas no fim acabou apenas o aborrecendo por diversos motivos. Em primeiro lugar, o homem não tivera tempo de analisar os riscos envolvidos na empreitada, em segundo, Basie era uma das poucas conexões de Calisto com a alta sociedade. E, por fim, Alonso era a sua barganha com o destino. Um mago, um ser capaz de alterar as regras da realidade, ao alcance de seu braço. Também havia Amanda, mas acontece que ela mesma era uma bruxa, arquétipo mágico cujo poder emanava de um mestre desconhecido e pouco se conhecia da obscura natureza dele (ou dela).

Emanuel Calisto, no entanto, não deixava de ter um espírito empreendedor, e se sentia obrigado a premiar a boa vontade do adolescente de alguma maneira. Kairus coçou a base do chifre esquerdo, contemplativo. Se Alonso voltasse vivo da missão, propôs Emanuel, Kairus ficaria com metade de sua gratificação. Se o jovem mago escriba não desse as caras, entretanto, o intermediário cortaria as suas relações com o diabrete terminantemente, lançando-o de volta ao perigoso submundo dos adolescentes órfãos, ao qual Kairus não tinha intenção nenhuma de retornar.

O menino olhou profundamente para a caneca de achocolatado que tinha diante de seu peito. E então a porta da taverna se abriu, mas ninguém caminhara de dentro para fora, como era a norma naquela hora do dia, o que fez o seu coração de diabrete bater forte. Uma jovem adentrou a sala comum. A sua aparência era uma visagem cor de sangue e o cabelo, uma sombra escura. Ele já conhecia aquela postura e o olhar determinado. Ela precisava que algo em particular fosse feito, e com velocidade. Não deu outra: a jovem trocou algumas palavras com Chevron, o taverneiro, e foi logo na direção da escadaria. Estava à procura de Calisto, o resolvedor de problemas naquela parte da cidade.

Pouco depois a porta abriu-se outra vez. Novo saltitar cardíaco, desta vez respaldado em motivos concretos. Era Basie, e ele estava sozinho. Suor brotou na têmpora do diabrete.

— Basie! – ele gritou, acenando. O jovem do machado se encaminhou para a mesa dele. A expressão em seu rosto era pesada. – O que houve, Basie? Cadê o branquelo? – indagou Kairus, a preocupação borbulhando em sua garganta.

— Nos desentendemos – foi a resposta. Basie puxou uma cadeira e sinalizou a um empregado que o trouxesse uma bebida. – Ele decidiu seguir o próprio caminho. Idiota! Moleque teimoso! Um dia desses encontrarão o seu corpo na beira da estrada.

Kairus permaneceu preocupado, mas pelo menos a culpa não recairia totalmente sobre os seus ombros.

— Questão de dinheiro? – indagou o adolescente.

Basie engoliu a saliva. O seu rosto negro se tensionou ainda mais. A razão não era o dinheiro. Não se tratava nem de um desentendimento, em realidade. Tratava-se de um motivo do coração, ou melhor, do corpo. Basie olhou em volta. Sendo quem ele era, tendo algum status social, sempre havia alguém o olhando de canto de olho. Naquele dia, faziam-no em uma frequência maior do que o normal. Ele fixou o olhar no rosto de Kairus e falou em voz baixa:

— Não, Kairus. Não é dinheiro. Eu dormi com ele. É isso. Foi coisa do momento. Dormi com ele.

Kairus exalou. Balançou a cabeça lentamente. Compreendia a seriedade da situação.

— O seu pai... Diz-se na cidade que ele ainda sonha em arranjar uma noiva para você. Ele não pode saber disso. Aí que vai mandar matá-lo, outra vez, agora muito mais eficientemente. Não sei o que você fez antes, mas agora com certeza ele não vai tornar a capitular essa decisão.

— Mas ele vai descobrir. Ele sempre descobre. Eu me caso com a garota, porra, qualquer garota. Eu dou mais uma penca de netos a ele. Uma penca. Mas o velho não vai querer saber — desabafou Basie, cruzando os braços em preocupação. Ele exalou. — Enfim... Eu não quis dividir a mesma carruagem com Alonso na volta. Ofereci que ele voltasse sozinho nela, mas o idiota teimou em sair pra conhecer o mundo. Já está morto, praticamente...

Basie interrompeu-se, vendo a jovem de vermelho descer pelas escadas.

— Eu conheço aquela garota — disse. Por sua vez, Kairus acompanhou o seu olhar. Ambos assistiam atentos à jovem cruzar o salão, mas por motivos diferentes.

— Pela cara dela, não conseguiu muita coisa — concluiu Kairus.

Após ela se retirar do recinto, Kairus se levantou e a seguiu, deixando Basie sozinho com os seus pensamentos. Após esvaziar devagar o copo, ele também se ergueu e foi ao encontro de Emanuel. Nesse ponto, Kairus já se apresentava para a sacerdotisa. Os dois caminharam juntos pela rua da cidade que sofria o burburinho do começo do dia.

— Então você trabalha para aquele homem, Kairus? Ele recusou a minha proposta por conta dos meus laços religiosos — Camila falava com os lábios retorcidos. Era uma expressão de ressentimento que se parecia quase com um sorriso.

Kairus cruzou os braços atrás das costas.

— Bem, Camila... Você deu uma pedrada em um dos soldadinhos dele — disse, sabendo que falava de um assunto permeado de espinhos. Ele olhava para baixo. Os seus olhos desfilavam pelos octógonos de pedra do calçamento.

Camila bufou, amarga.

— Um dos seus soldadinhos cortou a garganta de minhas irmãs. E mesmo assim deixei o meu rancor de lado e vim à procura dele.

Kairus a olhou de lado.

— Mas você ainda pretende se vingar?

— Eventualmente. Há algo mais urgente. Os soldadinhos do seu amigo interromperam um ritual que já durava dois dias e duas noites. Seria a minha ascensão. Eu juntara-me à Mah sob as ondas. O ritual falhou, mas foi tempo o bastante para que três marginais matassem o caseiro e invadissem o meu lar. Agora a casa é deles. Batedores de carteira, entorpecidos e insanos, todos eles.

Camila ergueu os olhos. Parte dela queria vislumbrar a Lua cheia e as estrelas, mas já havia apenas um céu azul limpo sobre a cidade àquela hora da manhã. Para aquela criatura da noite o tempo era como uma geleia grossa e disforme. Algumas cordas de fumaça se erguiam em meio à limpidez.

— E você quer a sua casa de volta. Eu posso cuidar disso. Mas, naturalmente, vai custar.

— Provavelmente, os três infelizes já puseram um fim nas minhas ínfimas economias. Mas os seus dois amigos profanadores esqueceram de assaltar a caixa do templo. Agora que ele não existe mais, incumbi-me das oferendas à minha deusa.

Kairus balançou a cabeça em aprovação.

— Afinal, você precisará desses fundos para reerguer o seu culto. O que você fez é mais que compreensível.

Camila sorriu em satisfação. O menino pensava depressa.

— Qual a tua idade, menino-diabo?

— 16. Tão logo 17.

— Por hora tentarei reerguer o culto em minha própria casa, mesmo longe do mar. Você, alguém para o qual o mundo certamente não reserva compaixão, também está convidado. Marginais como nós precisam se unir.

— Estamos em Renúncia. Mesmo o extremo oposto da cidade ainda é relativamente perto das águas. Se você se concentrar, daqui mesmo se pode sentir a maresia. E quanto à sua oferta, considerar-lhe-ei.

— De qualquer modo, espero que isto seja o bastante. – Ela já o entregava uma bolsa de veludo levemente inchada. – Ao todo, 15 peças de ouro. Dei-me o trabalho de trocá-las na casa da moeda.

Kairus tomou a bolsa, da qual reteve uma das peças e retornou-a para a moça.

— Há perigo. Deixe com Chevron, o taverneiro. Franzino que sou, seria um alvo fácil. – Ele apertou as moedas em suas mãos olhando cauteloso o ambiente a seu redor. Havia apenas os olhares de preconceito usuais. Cocheiros guiavam as suas carruagens e feirantes preparavam os seus caixotes de vegetais ainda cintilantes de orvalho. — Já os seus marginais, usarei esta fração para lidar com eles, de início. Lamento, mas sinto-me obrigado a dizer que eu saberei caso a senhora decida guardar o resto da quantia para si, hipótese em qual tomarei providências cabíveis.

— Pois bem. Agora mesmo retornarei à taverna. Hospedar-me-ei lá esta noite — Camila levou outra vez a mão sob o manto. — O endereço da casa. Tome. Nos vemos depois. — O jovem passou os olhos pelo pedaço de papel, murmurando aquelas linhas.

Kairus caminhou meia hora pelas ruas sempre auspiciosas do subúrbio de Renúncia até adentrar uma das extremidades da cidade, o canto para onde migraram os mais pobres após a calamidade conhecida como Amálgama. Sempre vigiando-o à distância, o Mt. Desterro, uma sombra maciça e cinzenta no horizonte. De lá caíram braços, pernas e vísceras de um terço da população daquela região por vários dias, o que fazia o cidadão médio levantar uma sobrancelha desconfiada ante a sua visão com certa esporadicidade. Tantas mortes, após seres viventes atraírem-se para um rito macabro como insetos idiotas à fogueira.

O lado bom de ser meio-diabo — meio-demônio, na verdade, mas poucos se importavam com a distinção — era afugentar os bandidos mais supersticiosos, que temiam uma suposta maldição. Portanto, a sua viagem foi majoritariamente ineventual. Teve de despistar dois camaradas suspeitos que aparentavam segui-lo, no entanto. Crescido nas ruas, aquilo não era uma manobra difícil para Kairus. Por fim, deu-se de frente com a pequena mansão. Via-se que os últimos 35 anos não foram gentis com aquela área da cidade, onde a decadência pós-amálgama era mais aparente que em qualquer outro distrito sobrevivente. Faltava-lhe a rede de inteligência de Calisto, portanto, ele mesmo teve de fazer o tedioso trabalho de reconhecimento. O menino se dispôs do outro lado da rua, onde trocou uma moeda de cobre por um jornal velho que um indivíduo esquálido vendia de segunda mão. Observou por horas a paisagem monótona. Caminhou pelos arredores e almoçou em um botequim. Se Calisto de fato o repudiasse, as suas economias não durariam muito mais do que aquilo. Ele teria de se reacostumar a passar vários dias faminto.

Kairus tentava ignorar os seus pensamentos em busca do fraco sabor do ensopado que tomava. Diz-se que alguém com forte instinto de sobrevivência senta-se em um local com rápido acesso a uma das saídas e com ampla visão das entradas. Kairus sabia disso. Mas sabia também que um eventual opositor que entrasse no botequim também avistaria facilmente tal sobrevivente. Por esse motivo, o menino preferiu sentar-se na linha de mesas de madeira rente à parede e com o lado direito do corpo dando para a entrada lateral. Entre uma colherada e outra, ouviu um tamborilar em madeira. Era o homem negro do outro lado do balcão. Um senhor de cabelo branco e expressão vivaz, desconfiada. O dedo indicador, ereto, tocava a velha tábua escura. Os seus olhos iam do rapaz à entrada dos fundos. O adolescente voltou-se e avistou um homem de uns 30 e poucos anos entrando no recinto, às suas costas. Era um sujeito extremamente magro. Tinha as pálpebras inchadas e os olhos amarelados. A pele de seu rosto era descolorida, em um tom quase cinzento. O cabelo era curto de modo a diminuir o número de piolhos. Toda a sua aparência era encardida e desgastada.

— Ei, gente boa, chega aí. Garçom, mais um prato – pediu Kairus, tentando recuperar a noção, já perdida por falta de uso, do dialeto local.

O homem deteve-se no umbral, a ponto de correr. Mas de fato viu o dono do estabelecimento separando-lhe uma refeição, enquanto olhava na sua direção. Também lhe fez um gesto de cabeça na direção da cadeira diante de Kairus. O homem sentou-se na frente do menino-diabo. O prato foi posto entre os seus cotovelos, cuja comida devorou com vontade. Kairus esperou pacientemente. Quando o indivíduo estava prestes a terminar, ele abriu a boca.

— Lito?

Lito balançou a cabeça enquanto mastigava o pão, voraz.

— Fiquei sabendo que você tá morando ali naquele casebre com "seus parça". Vocês ainda falam assim? – Kairus tomou a moeda de ouro do bolso. – Toma. Isto aqui é pra você. – Ele deslizou a moeda sobre a mesa porosa até o lado do prato do homem. Lito apanhou a moeda e a enfiou dentro da cueca. – Tem mais quatro dessas se você me fizer um esquema.

— Manda o papo – disse o adicto, sua voz era rascante, cadenciada. – É só falar.

— Então, aqueles seus dois amigos – Kairus recordou, fez uma pausa, e passou o dedo pelo pescoço. – Você tá armado?

O homem ficou em silêncio, pensando nos seus companheiros de vício e de crime. Eram as duas pessoas mais íntimas que ele tinha na vida, os quais ele chegava quase a amar.

— Agora tá – disse o dono do estabelecimento, cravando uma adaga na mesa entre os dedos de Lito.

— Caralho, Marcão! – gritou Lito, assustado.

— Me alivie dessas porras desses marginais e você vai ter sempre um ensopado pra comer – disse Marco, incomodado com a integridade do bairro onde cresceu e vendo o restaurante, orgulho da família, tornar-se um ninho de vespas entorpecidas.

— Tu morava no lugar, mano? Nunca te vi nessas parte – Lito perguntava a Kairus.

— Meu cliente mora – Kairus informou. – Mas há outra condição. Você vai ter que arranjar outro lugar pra ficar.

— Tu deixa eu me estirar aqui também, negão? Eu pago – Lito bateu com a palma na roupa, indicando a moeda de Kairus, e riu com os dentes encardidos e o rosto ferido.

— Cuidado com a tua língua, urubu. Não sou teu "negão". Mas eu deixo você estirar a sua carniça aqui, sim. No chão, no meio das mesa, eu deixo.

— Amanhã de manhã você se arruma um pouco e vai na taverna do Chevron. Diga a ele que Kairus lhe deve quatro peças de ouro. Se pá, te arranjo outro galho pra quebrar.

— Tá feito! – Lito tomou a arma com ímpeto e foi para fora do bar. Atravessou a rua e caminhou na precária calçada ao lado das casas. Recaiu-lhe um suor inesperado pelo corpo todo. Uma, duas, três, quatro casas. Parou diante da mansão de Camila. Respirou. Urinou. Respirou. Engoliu em seco. Olhou o punhal em sua mão direita. A lâmina refletia o seu rosto. *Onde o negão achou uma arma tão bem feita, tão bonita?* Adentrou a casa, a porta arrombada não fechava mais. Os móveis quase todos foram trocados por entorpecentes, portanto os cômodos eram quase todos vazios. Foi ao quarto menor. Já estava no meio da tarde, mas um homem ainda ali dormia. Deitava-se de bruços com o início da fenda de suas nádegas à mostra. Uma sombra, um rastro do pó branco jazia no gaveteiro ao lado de uma pequena faca. Lito se aproximou devagar e a escondeu dentro de uma das gavetas. O efeito do pó havia passado e apenas a desolação restava em seu lugar, deixando aquele homem jogado na cama.

Lito baixou os olhos para o seu colega de vício. Era um trintão, assim como ele. A sua pele parda também era coberta de feridas, assim como a sua. Os dentes também, eram iguaizinhos. Lito tentou esquecer.

Não pensou mais. Tomou o punhal e lhe perfurou o rim devagar, não sabia por que razão escolheu particularmente aquele alvo. A faca entrou suave, sem resistência. O homem acordou de súbito proferindo um "Uhh!" dolorido. Sua túnica verde fui aos poucos se preenchendo de sangue. Lito fez o mesmo com o outro rim, depois nos pulmões, depois à sorte. Guinchando de dor, ele começou a levantar-se. Lito não o impediu. Deu-o passagem. O adicto cambaleou com dificuldade pelo quarto, atravessando-o meio às cegas. Olhava para o companheiro com o rosto confuso. Ainda não estava totalmente ciente do que acontecia, mas aquela pequena misericórdia duraria pouco tempo. Caiu de volta para a realidade, e ao chão, de fato, enquanto tentava atravessar o vão da porta. Foi então que percebeu que morria e foi tomado pelo terror.

Também apavorado, Lito passou por cima do corpo e ignorou os seus paroxismos. Andou pelo corredor de volta para a sala, subiu as escadas desgastadas pelos cupins e adentrou o quarto principal. A porta estava aberta, na verdade, não havia mais porta. Só havia uma cama grande e um rapaz desnudo dormindo sobre ela. Lito colocou-se diante da outra vítima. Era um pivete de 19 anos. Metade de seu corpo – o braço, parte do tronco e a perna direita – era precariamente coberta por um lençol branco, deixando à mostra boa parte de seu sexo disposto sobre a coxa esquerda. O garoto tinha o cabelo longo e cacheado espalhado em volta da cabeça como um halo. O peito de mamilos escuros arfava devagar. A sua pele era branca-queimada. A boca e os olhos jaziam escancarados. Seus globos oculares moviam-se devagar, distraídos pelos fractais prismáticos da pasta alucinógena.

Lito se aproximou, pensou "Pobre coitado", e cobriu o rosto do garoto com o lençol. Desceu-lhe o punhal no peito várias e várias vezes. Ele gemeu baixinho. Lito pousou a mão no ombro da vítima e fez-lhe companhia até que deixasse de respirar. O sangue ia borbulhando pela boca, transpassando o lençol onde fazia poça. Em algum lugar, o seu outro assassinado dava o grito de dor derradeiro.

Lito desceu as escadas e fez o caminho reverso. Voltou ao bar e dispôs a faca sangrenta sobre a mesa.

— Tá feito – ele disse, mais melancolicamente que antes.

Kairus lhe sorriu. Tocou-lhe no ombro e parabenizou-o.

— Vá amanhã pegar o resto do pagamento. Se eu não estiver lá, fale com o Chevron – disse, andando para a saída.

— Podexá, chefia – foi a resposta de Lito. Recobrando os sentidos daquele estado de choque, ele caiu sobre uma cadeira. O suor voltou a atacá-lo. – Fortalece uma cerveja aí, Marcão.

Caminhando em silêncio, Kairus tomou o relógio de bolso – um presente paradoxal da mãe, a qual o repudiou pouco depois do nascimento. Ainda havia tempo para assistir a uma das aulas públicas no centro urbano. E assim o fez. Chamou uma carruagem e partiu. Ele passou o resto da tarde na praça da universidade, ouvindo sábios e filósofos dividirem o seu conhecimento e sabedoria com a plateia, antigo costume local. Havia um rumor de que o próprio teórico da magia e andarilho profissional Janus Fiorejo faria uma aparição, o que infelizmente não se concretizou. Ao invés disso, algum porta-voz ancião e inacreditavelmente deteriorado do Panteão Sacrossanto pregou sobre os perigos da fornicação, e como ela pode causar riscos imensuráveis a toda a sociedade.

— Quando dois homens, duas mulheres, ou mesmo quando um casal de duas pessoas *normais*, mas iníquas, se ajunta...

Ele apontava a esmo pela plateia. Parte dela, a mais ingênua ou tradicionalista, encontrava-se assombrada com a pregação apocalíptica daquele clérigo. Uma segunda parte ora se entediava com o ideário antiquado exposto ali, ora se abismava com a escolha de suas palavras. Ainda, uma terceira e misteriosa parte, composta de pessoas de viés liberal e antiestablishment, estava especialmente revoltada e mal se continha a subir ao palco e esquartejar o sacerdote vagarosamente e com muito gosto, mas tal comportamento incontido seria averso às suas agendas de longo prazo, extremamente prejudiciais ao *coup d'État* almejado.

— ...quando isso acontece, meus caros, Evana, a titã execrável da podridão e da união maldita se fortalece – continuava ele, arrancando suspiros de espanto ante a pronúncia do nome maldito – e sua iniquidade se arrodeia no ambiente, e então se ajunta um terceiro, um quarto, enfeitiçados pela luxúria e pela maldição, e, de repente, famílias perdem pais, mães ou irmãos, atraídos de longe para o amálgama infernal. E não, meus caros convivas, não se tratará da extasiante volúpia que imaginam em suas pérfidas mentes. – Ele fez silêncio por alguns segundos. – Não haverá mais distinção entre um homem e outro, nem corporal, nem mental, muito menos espiritual. – Ele apontou para o horizonte. – A Titã Evana se erguerá como uma torre de podridão ao longe, o seu corpo composto da carne de milhares de fornicadores, e o nosso mundo acabará da pior forma possível, o verdadeiro inferno na terra. Já tivemos algumas amostras disso no passado, todas elas brilhantemente combatidas e sufocadas pelas nossas ilustres tropas paladinas. – Outra pausa. Cestos de oferta começaram a ser distribuídas pelos arredores. – Um novo amálgama não é uma especulação. Quando os seus amuletos preservativos falharem, quando você encontrar o seu filho escondido sob as sequoias com outro rapaz... não, meus caros, o amálgama é uma mera questão de tempo. Quando essas coisas acontecerem, os nossos paladinos estarão prontos. Entretanto, para isso, precisaremos de suas generosas ofertas.

Os cestos se encheram aos poucos de moedas e gemas de várias espécies. Se não pela concordância com aquilo que foi pregado, pelo menos em reconhecimento aos paladinos, os quais ainda carregavam muito prestígio social. Além disso, amálgamas de fato aconteciam, mas não se tinha ainda certeza, em ambientes menos dogmáticos, de suas origens – se estavam relacionados, de fato, em alguma medida, às diversas faces do amor, ou se advinham, simplesmente, de uma mera maldição especialmente potente e persistente.

Kairus contribuiu para a oferenda. Ele mesmo estava ansioso para experimentar toda a extensão de seus hormônios, mas a qualidade de ex-pivete das ruas era um patente reflexo dos efeitos socioeconômicos do último amálgama em sua família biológica.

Mais tarde, o garoto já voltava para a estalagem com a cabeça cheia de pensamentos, sob a luz dos postes, à noite. A cidade era agora dos boêmios.

— Kairus. O diabo tá mesmo solto esta noite – ouviu o adolescente uma espécie de saudação, de não muito longe. Era Basie. Kairus caiu na risada.

— Vai dormir no Chevron de novo, rapaz? – indagou o demonídeo, sentindo o braço do amigo tocar as suas costas por um momento.

— Mas é claro que sim, ainda tô passando longe do meu pai – explicou o jovem do machado, sabendo que seria compreendido.

— Ele já sabe... do que aconteceu na encruzilhada? – decidiu perguntar Kairus.

— Eu ainda não sei. – Foi a sua resposta. Basie estava sério.

O silêncio caiu por algum momento. Basie preparou um cigarro, o que sempre fazia nos interlúdios de silêncio.

— Diamba? – perguntou Kairus, voltando-se para ele.

— Mate e alecrim. – Basie acendeu a haste de papel e tomou uma curta tragada. Em seguida, ofereceu ao rapaz, que aceitou sem nada dizer.

— Diamba deixa lerdo. Se um cara como eu fica lerdo, ele acaba com uma navalha na garganta – completou Basie. Ele já conseguia avistar a morada de Chevron ao longe, bem distante na rua.

Degustando a quentura e o sabor das ervas se espalhando pelo seu peito e narinas, o garoto fechou os olhos. Sentiu um leve surto de energia. Notou que ficara mais desperto, estimulado, mas nada tão drástico quanto o que provou em seus dias de gueto, quando lidava diariamente com pessoas similares à cultista de Mah ou Lito. Como que lendo a mente dele, Basie indagou:

— O que você queria com aquela moça, Kairus?

O garoto devolveu-o o cigarro antes de responder.

— Quero sair da sombra do meu mentor, Basie. Fui atrás de serviço. Já até resolvi tudo.

— É assim que se faz. – Basie sorriu. Tornou a tocar o amigo nas costas. – Se precisar montar uma equipe, eu tô aí. – Kairus voltou o rosto para ele.

— Pode ser que eu faça uso dessa oferta, Basie – foi a sua resposta.

Foi a vez de Kairus fazer silêncio. Enfim chegavam do lado de fora da Chevron's. Ele se lembrou passageiramente dos sermões ouvidos na praça da cidade.

— Basie... Você e o Alonso, houve cópula?

— Não, Kairus. O troço foi tão rápido que a gente nem sabia direito o que fazia.

Os dois pararam na calçada para terminar o cigarro, que continuavam a dividir fraternalmente.

— Basie... você já... dormiu com mulher?

O garoto negro sorriu.

— Eu tenho 24 anos. É claro que já fodi mulher. Tenho até um moleque por aí.

Kairus sentiu uma coisa borbulhar até a superfície.

— Basie... você quer se deitar comigo? Eu preferiria uma rapariga, mas mulher nenhuma chega perto de mim por causa desses chifres, dessas escamas e dessa cor azulada da minha pele. O que resta é pedir pro parça, entendeu? – ao terminar de falar, o garoto sentiu o peso da ansiedade flutuar para fora de seu corpo ao mesmo tempo em que o contrapeso do desespero despencava até o estômago. A boca ficou seca.

Basie jogou o cigarro no chão de octógonos pedrosos e o pisoteou. A placa da taverna pendia sobre a sua cabeça tendo um esguio gato de bronze envelhecido como efígie. As luzes dos lampiões davam uma forte cor amarela às janelas próximas. Ele olhou para Kairus, sério, sem a galhofa que o outro esperava, e respondeu:

— Cara, o negócio que eu fiz com Alonso, não é algo que eu pretenda repetir.

— Tudo bem, amigo. Obrigado, tá bom? Por tudo — a voz de Kairus tinha uma cadência triste. Ele sentia as bordas inferiores dos olhos se umedecerem. Toda a sua juventude e inexperiência vinham à mostra.

— Relaxa, moleque. Isso é assim mesmo. Descansa a cabeça. Amanhã você gasta o dinheiro que ganhou daquela mulher e se diverte. Faz alguma coisa diferenciada.

Kairus ficou mais alguns segundos quieto, depois se sentiu livre para elucidar a sua curiosidade.

— Você e o branquelo... como foi?

— Ah, Kairus... – Basie balançou a cabeça. – A gente tava no bar, se acertando depois da missão. Eu chamei o cara de criança, falei pra ele voltar para o pai dele, pra continuar escrevendo os pergaminhos, que é o que ele sabe fazer, senão ele acabava morto. Ele ficou aborrecido. Alonso achou que eu não percebi isso, mas você consegue ver o que ele tá sentindo. Os olhos dele não mentem.

Basie suspirou. Era uma recordação agridoce, cheia de espinhos, mas ainda bela.

— Ele subiu pro quarto dele. Depois de um tempo, eu fui ver como ele estava, sei lá. Pra falar a verdade, a gente já tinha se beijado no caminho de ida, do nada. Esse moleque, eu não sei o que ele tem. Você sabe, os quartos da taverna não têm porta. Eu cheguei lá e ele estava deitado, pelado. Comecei a falar com ele. O moleque não me respondia. Fui pro lado da cama, acendi a lamparina na mesa do canto. Olhei pra cara dele. Estava emburrada.

— E cê se deitou do lado dele?

— Não. Ele se ajoelhou do nada. Ficou de frente pra mim. A gente se beijou de novo. Comecei a tirar a roupa, ele me ajudou. Me ajoelhei na cama também, encostando o meu corpo no dele, a gente se abraçou, e foi isso. O pior é que teve um momento que eu senti os olhos de outra pessoa na gente. Um guarda da taverna, talvez. Ou um hóspede, vai saber.

— Vocês ficaram assim, apenas? Não fizeram mais nada?

— Isso, carne na carne. Atrito. Até gozar. Uma paixão maluca, intensa. Eu nem sabia que eu tinha tesão em homem. Aliás, não tenho. Eu tinha mesmo tesão naquele moleque, só isso. Ele é diferente.

— Ele é esquisitinho, né? Delicado. Parece uma garota – constatou Kairus, recordando a imagem do jovem mago. – Entendo por que você se ajuntou com ele.

— Ele já tem uns 20 anos, Kairus, mas você entende. É mestiço, meio--elfo. É isso, o cara é delicado igual a uma moça... e bobo como uma criança.

Kairus suspirou sem um motivo em particular.

— Tá legal, Basie. Você vai ficar aí fora? Eu farei o que você disse. Descansar a cabeça – concluiu Kairus em um tom cansado.

— Vou fumar mais um pouco. A noite está bonita. Veja só estas estrelas. – Basie ergueu a cabeça e se calou por um instante. Aquele fragmento de Tessellis passava pelo segmento azul-escuro da nebulosa, corando o céu noturno em tons intrigantes. Subitamente, ele desatou a rir. – Então nenhuma garota quer saber de você? Pode deixar. Resolvo esse seu problema hoje mesmo. Vai lá pro seu quarto. Eu mando um presente.

Kairus deixou o amigo sozinho pela segunda vez naquele dia. Entrou no salão comum, quando Chevron chamou por ele.

— Eu o vi lá fora, moleque. Aqui, pra tu. – Ele indicou um copo no balcão. – Teu favorito.

— Obrigado, Chevron. – Kairus tomou a caneca e deu um gole. *Chocolate quente com menta.* Ele olhou para o taverneiro com um sorriso singelo. *É... eu acho que tenho amigos, sim.*

— Tu é um pivete bom, Kairus. Parece que o gorducho tá meio puto com você, ele esteve por aqui, fumegando, mas ele vai se acalmar. Não se perturbe.

Kairus o olhou por um momento, antes que tornasse a erguer o copo.

O demoníedo terminou a bebida e subiu para o quarto. Ele acendeu a lâmpada e sentou-se na beirada da cama. Olhou para as palmas das mãos. *Pele azul. Rabo. Um par de chifres. Escamas...* pensava. *Talvez, no fim, não faça tanta diferença assim.* Ele tirou a jaqueta de carneiro e a dispôs nas costas da cadeira. Sentou-se na cama e dormitou. Muito em breve ouviu uma batida na porta. Ele lembrou das palavras de Basie. Por algum motivo, havia as ignorado. Talvez fosse uma coisa tão boa que o seu cérebro, cético, decidiu que passaria despercebida.

— Entre.

A porta se abriu. Era uma mulher de quase 40 anos. Ela se vestia em trajes coloridos. Uma prostituta. Kairus não estava surpreso. A dama da noite fechou a porta atrás de si.

— Qual é a sua idade, menino? – Ela o olhava desconfiada.

— 18 – ele respondeu.

Ela preferiu acreditar, pois a cruza já estava paga.

Kairus aproximou-se dela. Tentou beijá-la, mas ela o evitou. A prostituta passou por ele e se viu diante da cama. Despiu-se. O rapaz vislumbrou a sua colega de quarto naquele estado e já se empertigou. Também começou a tirar a roupa. Ela o olhou com um pouco de espanto.

— Você tem escamas nos braços?

— Nas coxas, também.

— Vamos logo com isso – enunciou ela, deitando-se de costas. Queria evitar enxergá-lo.

A cauda do obscurídeo, finalmente liberta, dançava distraidamente no ar. Ele deu alguns passos e montou na prostituta. As suas pernas arqueadas contornavam as coxas retas dela como uma rã e, no meio daquele par, ele encontrou um caminho no qual adentrou com alguma dificuldade e inexperiência. Um bardo tocava o alaúde melancolicamente no andar de baixo. Kairus preferiria alguma música mais agitada, mas não tinha escolha.

Cópula. Finalmente! Jamais sentira tanta quentura e conforto em toda a sua vida como ali dentro daquela fenda apertada. O coração disparou. Ouviu a voz de Calisto em algum lugar. O instinto de macho fez com que ele logo requebrasse o seu corpo sobre o dela. Agora era Basie. Pedia uma bebida. Será que Basie conseguia ouvir o ranger da cama de madeira lá embaixo? O garoto enroscou a cauda na perna direita da prostituta como uma hera trepadeira, o tato aguçado em cada centímetro. O seu corpo subia e descia.

Ele e ela estavam ali naquele momento surreal para ele. Apenas havia dois seres vivos de alguma importância naquele cubículo e os seus corpos estavam ligados, o dele e o dela. Suor, saliva escorrendo no queixo azulado, secreções molhando a lábia dela e o mastro invertido dele. Ele passava a mão direita dele pela coxa e pela nádega dela, apertando com malícia, cheio de desejo consumado, ardência. Com a ponta de seus cinco dígitos, ele acariciava as costas dela em todo o seu comprimento e largura.

A prostituta enfim se permitiu gemer. Talvez ela também estivesse gostando, afinal. Ele baixou os olhos. Observou o próprio corpo movimentar-se. Sim, aquilo era ele. Estava acontecendo, finalmente. A sua pele de cor de ágata azul suave descia até em baixo, pelo torço, pelo abdome, pela virilha, misturando-se com o traseiro arredondado dela, onde o azul dele dava lugar ao marfim dela. Contemplou, em êxtase, a ligação carnal dos seus dois corpos. Uma fenda plácida empalada por um tubo inquieto, rijo, preso, engatado.

Uma explosão súbita, uma convulsão violenta. Kairus sentiu o fluido deixando o seu corpo, apressado, um rio que rebenta de uma represa, a represa era as suas duas bolas contraídas e a rachadura, a uretra. Todos os seus músculos se livravam da tensão de uma só vez. O períneo em espasmos.

A mulher se moveu. Ela sabia, não tinha como a enganar. Havia acabado. Tão depressa, já havia acabado. Um minuto, três? Ele deu espaço para que ela se retirasse. A prostituta desfez o elo sem cerimônia. Kairus observou-a se vestindo, apressada. Deixou o quarto, sem palavra. Ele notou a crescente vontade de mijar. Ela fechou a porta como se a trancafiar uma memória indesejada. O garoto continuou ali, espremido contra a parede azulada tal como a sua pele, deitado meio que de lado, com a bexiga protestando. A mulher desceu as escadas depois de andar pelo corredor, ele escutou. Será que Basie a viu? Claro que viu. Tão rápido. Que vergonha. Ruídos. O rapaz se levantou da cadeira lá embaixo, Kairus ouviu. Já subia as escadas. Kairus assentou-se na cama e Basie bateu à porta. A pica do menino azul ainda apontava para cima, mas não era de cio. Era de mijo, a única coisa que restara do ato. E essa coisa doía muito.

— Tá tudo tranquilo, Kairus? – Algo no silêncio do quarto fez Basie refletir. – Eu sei que é complicado. Eu tô entrando.

E entrou. Encontrou o amigo ainda sem roupa, sentado bem cabisbaixo, em oposição à outra parte de seu corpo.

— Acabou, Basie. Já acabou. A minha vida toda eu sonhei com isso. Os garotos da rua se gabando quando faziam, e aconteceu tão ligeiro.

— Isso é só o começo, maninho, não se aperreie, não. É só o começo.

Mais de uma coisa mudou dentro de Kairus naquele dia.

As suas noites de sono eram, por vezes, perfiladas de florestas sombrias sob um luar lilás. Aquele astro não era Beta, a lua com a qual estava acostumado enquanto desperto, e aquela floresta não ficava neste mundo, ou melhor, no destroço de mundo que era Tessellis. Já a lua roxa era como um olho irritadiço no céu. Na sua parte inferior, acumulava-se um fluido violeta, uma gota. Kairus sentiu incontáveis olhos recaírem sobre ele enquanto caminhava na trilha da floresta. De ambos os lados, a silhueta da mata era impregnada por pares de círculos brilhantes. Criaturas das sombras, demônios. A lágrima lunar enfim escorreu, riscando o céu de estrelas foscas em um lilás cintilante. Ao tocar o chão, um estrondo abafado ecoou pelo mundo. Línguas de fogo negro se ergueram a partir dele. As chamas, individualmente, emitiam um fulgor arroxeado.

E no fim da trilha, como de costume, surgiu um vulto fantasmagórico. No passado, era ali onde o sonho terminava. Mas não daquela vez. O espírito sombrio permitiu que o rapaz se aproximasse para contemplá-lo, em todo o seu esplendor.

O Lorde Demônio se erguia em mais de três metros de altura, em suas quatro patas. Não tinha carne. Todo o seu ser era constituído de treva viva e de fogo negro. Em seu rosto indistinto, brilhavam dois pares de olhos empilhados. Por entre as suas orelhas pontudas, erguiam-se dois chifres galhados subindo na altura das folhas das árvores. Ramificavam-se, torcendo-se uns sobre os outros em um emaranhado profundo e extenso.

Ignofatum, o Cervo Demônio da Floresta dos Dez Mil Olhos. A Chama Roxa Dançante.

Uma brisa forte varreu a vegetação, fazendo uma chuva de folhas sombrias cair por sobre a trilha. Kairus não sentia mais medo. Sentia uma aceitação morna no peito. A figura demoníaca emanava uma coisa que ele jamais esperaria encontrar ali: um amor singelo. Um amor... paternal.

Kairus saia de seu quarto. Vestia o seu traje favorito: camisa preta de botões com detalhes avermelhados, uma calça preta indistinta, de elegância discreta, e uns sapatos sociais lustrados. Uma franja suave recaía em sua testa do cabelo em asa-delta. Naquele dia, sentia-se seguro em sua herança obscura: deixava a sua calda escamosa e pontuda ondular-se livremente atrás de suas costas. Ele andou pelo corredor e deixou um punhado de portas para trás, uma por uma. Continuou a avançar até o quarto do canto direito, bem ao lado da escada que levava ao térreo. Ele ignorou a cadeira onde costuma sentar-se em seus expedientes e entrou no escritório de Calisto sem bater, conforme estabelecido entre os dois cavalheiros. A porta lateral para o exterior estava aberta. O adolescente saiu para a sacada onde Calisto estava sentado na mesa redonda. O seu olhar contemplava o pequeno bosque nos fundos do cemitério atrás da taverna. Ele tomava uma xícara de café com leite placidamente. O cabelo trançado recaía sobre o robe vermelho. Seu corpo obeso era todo uma imagem de tranquilidade.

O garoto andou até as lanças ornamentais do parapeito, onde apoiou os seus braços. Uma tira de metal cego amortecia as pontas das armas falsas.

— Esta sacada ficou bacana. – Ele olhou para o seu benfeitor. – Já terminou a mudança?

— Sim – a voz de Calisto foi grave e arrastada.

Os olhos de Kairus partiram para além das árvores para recaírem nas lápides ao longe.

— Ainda não entendi. Você vendeu o seu sítio, balofo. E veio parar logo nesta taverna, dentre todas elas. – Kairus deu as costas para a paisagem.

Agora era Calisto quem se via com a atenção voltada para o cemitério. O homem negro contemplava a própria mortalidade.

— Cheguei a uma idade na qual não vejo mais valor em bens materiais. Tento me desfazer de todas as minhas posses. Que sirvam a outra pessoa. Se eu for morrer, pretendo estar tal que um mendigo nos meus últimos dias.

Kairus franziu o rosto em confusão. Qual é o sentido da vida senão saciar todos os desejos da carne e da mente? Calisto tocou a xícara no pires, causando um pequeno estalido cerâmico.

— Kairus, você não é mais que um menino. É excessivamente jovem para compreender do que lhe falo.

— Hum. Que seja, velho. – Kairus tornou a dar as costas para o seu mentor. – E o mago? Deu notícias?

— Negativo. Aparentemente, ele foi em direção a um vilarejo próximo de Verdana, a Campina do Carvalho, após Basie deixá-lo.

Kairus olhou-o de esguelha.

— Basie retornou com vida. Alonso não voltou, mas ele continua com vida. Acho que isso ainda vale de alguma coisa – disse o menino azulado.

Calisto não precisava ser lembrado da sua dívida com ele. Tomou a faca do pão e removeu uma moeda de ouro envelhecido que adornava o centro do pires. Atirou-a na direção do garoto, que a apanhou no ar. Ele contemplou o objeto. A frente estampava a gravura de uma caveira. Os detalhes menores já se tinham encardido pelo tempo. No verso, jazia uma inscrição à mão, ainda bem visível: *INCERTA VITA, MORS CERTISSIMA*.

— De novo isso. Que bicho te mordeu? — Kairus se via perplexo pela monomania de seu mentor.

Calisto sorriu.

— Moeda de Defunto. Reza a lenda que é capaz de levantar e controlar um cadáver, apesar de que nunca a testei. Também serve de foco mágico. Contente-se com ela.

Kairus guardou o item no bolso da calça.

— Alonso fugiu ao meu controle, mas daria no mesmo se você estivesse no meu lugar. Essa é a natureza volátil dos mercenários.

— Estou pronto para deixar o mago à solta por enquanto, Kairus, aconteça o que acontecer com ele.

O rapaz balançou a cabeça.

— De fato. Basie acha que ele não durará muito neste mundo. Uma criança que se recusou a crescer.

Calisto se recordou da sua curta interação com o pálido rapaz.

— No entanto... quando ele deixou o meu escritório, algo não se assentou bem no meu estômago — Kairus deu a Calisto toda a sua atenção, subitamente intrigado. Ele confiava no sexto sentido do mestre. – Veja bem. Elfos demoram muito tempo a amadurecer. Meio-elfos ainda carregam um pouco desse traço, então a sua infantilidade ainda é mais natural e esperada do que você pensa, garoto. Conquanto, Alonso também é menos ingênuo que a sua aparência leva a crer. Uma forma de dissimulação comum entre as mulheres, nem tanto entre os homens. Pedi que um de meus contatos o investigasse. Entre outras coisas, ele descobriu uma estante com livros. Muitos livros. Eu já esperava que o moleque fosse apegado a historinhas de faz de conta, no entanto... os temas daqueles volumes eram por demais ecléticos. Alguns até mesmo de circulação restrita. Tabus. O garoto está mexendo com coisa pesada. Alguns dizem que o diabo é mal porque é velho, e não porque é diabo. Já eu digo que o diabo é mal porque ele é um ávido apreciador da leitura.

— Mas há um abismo entre ler e fazer – constatou Kairus.

— O tempo dirá. De qualquer modo, você fez um avanço. A missão foi um sucesso. Os dois garotos eram as pessoas certas para o trabalho. Além disso, chegou aos meus ouvidos a notícia de que você já se incumbiu de outra tarefa, bem-sucedida também. Como foi? Tenho eu um concorrente vivendo sob o mesmo teto? — Calisto coçou o cavanhaque. Ele observou o sorriso orgulhoso do adolescente, as nuvens brancas do céu azul como plano de fundo.

— Eu acho que temos um novo recruta, chefe. Precisamos dar um passeio no depósito.

— Pegue o que precisar. Confio no seu juízo.

Kairus caminhou para a saída, estava alguns passos de volta no escritório quando Calisto o chamou outra vez.

— Garoto, já tenho outro trabalho. Fique atento. Precisaremos montar uma equipe séria desta vez. Trabalho de escolta.

— Quem é o cliente?

— Um beje velho que ainda prefere se manter anônimo. Aparentemente, o seu passado desonesto resolveu bater à porta. E nós nos certificaremos de mantê-la fechada.

— De quantos homens vai precisar, e qual é o pagamento? — Kairus indagou. Voltava para o umbral da sacada.

— Quatro cabeças. O beje prometeu que o receptor da mercadoria pagará dez peças de ouro por cabeça assim que chegarem ao destino.

— 40 peças de ouro. – Kairus sorriu. – E a você, Emanuel? Quanto ele está pagando?

— 60 – disse o obeso, displicentemente.

— Típico. – Kairus riu. – Você é mesmo uma contradição.

— Nunca afirmei que não fosse. – Calisto tomou outro gole de seu café com leite. –Para mim tudo é apenas um jogo de dados, menino. E o dinheiro, bem... Dinheiro me dá apenas uma satisfação superficial, como se não fosse de verdade. Brincar com meus bonequinhos, movê-los em seus quadradinhos e dar coisas para eles fazerem me causa um prazer seco, estimulante. Não pretendo fazer sentido.

— E enquanto isso o seu bolso fica mais pesado, acho que compreendo. – Kairus ainda tinha ressalvas.

— Não. Você não compreende. – Calisto sacudiu a cabeça levemente.

Capítulo 6
ANTES DA JORNADA

O demonídeo se aproximou de Chevron, no seu perpétuo nicho na lateral da taverna. O movimento bruto da manhã já tinha se esvaído.

— Então o moleque esvaziou o saco, finalmente – comentou o taverneiro. Ele esfregava um copo com um tecido branco, como sempre. Kairus ignorou a sua indelicadeza, a qual já era considerada de praxe do estalajadeiro.

— Alguma novidade, Chevron? Alguma coisa apareceu no radar?

Chevron bateu o copo de vidro no balcão e o juntou aos outros.

— Uma notícia recém-chegada de Lacrimosa. Aparentemente alguns ilustríssimos clérigos, da sacradíssima seita, fuçaram alguma coisa que não deveriam. Não sei. Pode sobrar para os mercenários ou o Sicariato. Já foi registrado o quarto suicídio, e dizem ainda que um quinto ficou louco – claramente com algum sarcasmo e falsa pompa. – Um pecado mortal, mortalíssimo. O que descobriram, que os fizeram preferir o inferno a essa vida?

Kairus franziu o rosto, digerindo a notícia.

— Talvez se tenham dado conta de que o mundinho do lado de fora dos templos não é tão diferente de lá, afinal. – Sem interlúdio, ele enveredou pelo assunto que mais se evidenciava em sua mente, desde a hora em que se levantou da cama. – E a Camila, a puta de Mah, já passou por aqui hoje?

Chevron deu uma risada.

— Ihh, eu estava torcendo pra você esquecer. Ela foi embora, no raiar do dia mesmo. Deixou isso aqui pra tu. – Ele colocou uma bolsa de moedas sobre a tábua.

— Obrigado, Chevron – proferiu o menino, apanhando o pagamento. Ele pediu pelo seu café da manhã e em seguida partiu na direção das mesas. Já sentia o ácido do abacaxi mordiscar a sua língua quando uma figura encapuzada entrava pela porta principal.

Interagindo com o recém-chegado, o taverneiro terminou por lançar um olhar ao jovem demônio. A figura seguiu o gesto com os seus próprios olhos e ficou de frente para Kairus. Era Lito, cujo rosto se acendeu ao lhe ver.

— Fala, chefia! – enunciou o marginal, ao se aproximar.

Kairus olhou-o com seriedade.

— Lábia suburbana, Comum, Sermo Vulgaris... Não sei como você não se perde. – O demoníedo descruzou as pernas, distante. – Fiquemos com o Comum, a língua franca, por enquanto.

— Tudo bem, chefe. Tem mais algum trampo... serviço que eu possa fazer para o senhor? – Lito falou devagar.

— Primeiro... Lito? Qual é o resto do nome? – Agora Kairus cruzou os braços.

— Só Lito mesmo. Quando era criança, eu vivia mendigando por doces e pirulitos. Adorava uma porcaria. Então o nome ficou. Sorte minha que não perdi os dentes da frente. – Ele exibiu os incisivos amarelados.

— Sorte mesmo. – Kairus se levantou, disposto a seguir adiante com os seus planos. – Siga-me, então.

Os dois foram ao canto do salão comum e desceram as escadas para o subterrâneo. Lito acompanhava o seu intermediário em silêncio, que lhe entregou um envelope de dinheiro discretamente, seu pagamento pelo serviço anterior. Ao passarem diante da porta da adega, o homem mais velho estacou. Sentiu o corpo todo se arrepiar.

— Eu... eu vi alguma coisa se mexendo. Uma coisa pequenina correndo no chão, no canto do meu olho – disse ele. – Juro de pé junto!

O homem vislumbrou a sala das bebidas. Ela estava vazia. Kairus também se deteve. Voltou-se para o companheiro, displicentemente.

— Deve ser o gremelim da cerveja. Ignore-o. É só um duende. Essas pragas são incorrigíveis. – Engolindo em seco, Lito tornou a segui--lo piamente.

Logo, os dois homens se viram dentro de um armazém abarrotado. Era uma espécie de arsenal que, além das armas, possuía uma gama diversa de acessórios de campo. Kairus levou Lito a uma fileira de lâminas penduradas na parede.

— Pegue uma. Você trabalhará para mim, então preciso que esteja bem equipado. – Ainda um tanto desconcertado com aquela generosidade, o trintão se encontrou admirando a grande oferta de armas. Apontou, por fim, a um florete. – Eu quero esta.

— Pois então, pegue.

Assim Lito fez. Ele desembainhou parte da espada por um momento, revelando uma lâmina finíssima e sem fio. Depositou o objeto sobre um armário vazio, que ficava mais e mais abarrotado conforme os rapazes iam circulando o quarto.

— Você também vai precisar disto. – Kairus tomou um arco da parede oposta.

— Mas chefe, eu prefiro... você sabe... um... – Lito gesticulou, como se estivesse a segurar um objeto com as duas mãos, mirando. Ele apertou um gatilho imaginário e endireitou o corpo.

— Besta. Besta de duas mãos. – O adolescente tomou a arma de tiro de dentro de uma gaveta comprida com um estojo de setas. – Esta aqui é mais versátil. Perfeita para alguém como você. É possível segurá-la com apenas uma das mãos. Pegue.

E Lito o fez. A seguir, o adolescente tomou uma mochila e a encheu de objetos variados, andando aparentemente a esmo pela sala. Lito o observava em silêncio. Por fim, pendurou um rolo de dormir na parte da frente e a entregou a Lito. Ele pendurou uma das alças nas costas, mas foi detido por Kairus.

— Ainda tem mais.

E Lito depositou a mochila ao pé do armário que suportava os seus novos pertences. O obscurídeo foi em direção a um guarda-roupa ao lado do armário de Lito, de onde tomou um traje de couro resistente.

— Estes trapos vão acabar te matando.

Kairus já ia juntando as peças de roupa ao armário quando Lito desfez-se do manto, deixando-o cair ao chão. Em sequência, ele se despiu, apressado, até sobrar apenas o tecido enrolado que lhe servia de tanga. Kairus olhou para o torso nu de Lito, curioso, que foi logo coberto com as duas camadas de couro. A sua pele era clara e amarelada, tal como caramelo.

— Você tem um corpo bonito. Proteja-o com esmero – confessou Kairus.

— Pode deixar. – Seu olho direito, então, recaiu-se sobre uma almofada vermelha dentro do guarda-roupas, na qual residiam duas adagas cruzadas, diante de uma caixa de madeira de carvalho escuro.

— É claro, três peças essenciais ao inventário de qualquer ladrão – comentou Kairus, juntando a almofada com as adagas ao resto das posses de Lito. Em seguida, ele tomou a caixa de madeira e a abriu com o seu interior voltado para o homem amarelado. – Você já usou uma dessas? – indagou.

— Desse jeito exato, chique assim, nunca. – Lito tomou uma gazua de dentro da caixa. – Sempre uso o que aparece pela frente, presilhas de cabelo, palitos, agulhas... – Ele devolveu o pequeno objeto e a caixa foi disposta sobre a pilha. Por fim, Kairus foi até o canto da sala, acompanhado de Lito, e se deteve diante de um cofre.

— Lito, estou apostando muito em você.

O homem mais velho olhou para o rapaz com o rosto cheio de insegurança.

— Aqui guardamos os tesouros do meu mestre, incluindo as poções que ele toma regularmente. – Kairus se acocorou no chão e introduziu uma combinação no cofre. – Se você nos trair, será a sua cabeça, e a minha também, a rolar.

O garoto pegou um frasco cinzento dentre os outros, removeu-lhe a rolha em um movimento rápido e ruidoso e a ofereceu a Lito. O homem tomou a pequena garrafa sem questionar. Ela não produzia odor algum, e o gosto era de um amargo disforme. Lito fechava os olhos enquanto dava goles na substância misteriosa.

— Nome técnico: cura menor. Isto deve resolver, pelo menos temporariamente, o seu vício com as drogas.

De fato, Lito sentiu a sua ânsia matinal desvanecer, ao mesmo tempo em que a coceira persistente em seu rosto repleto de perebas ofereceu alguma trégua. Foi também assolado por um estranho torpor. Notou vagamente que Kairus tomou mais dois itens de dentro do cofre, que juntou à sua coleção no topo do armário.

O adolescente agarrou o homem mais velho pelo braço e o levou para o salão principal. Kairus trocou algumas palavras com Chevron e levou Lito para o segundo andar, onde o deitou na cama de um quarto vago.

Quando Kairus desceu de volta, encontrou-se com Amanda, que tomava um estimulante herbáceo em uma das mesas.

— Onde está Basie? – ela perguntou.

— Acho que ele ainda dorme – foi a sua resposta.

O garoto se aproximava.

— É bom te ver, menino. Temos um assunto a tratar. Consideramos montar uma equipe, Basie e eu – comentou a bruxa enquanto Kairus sentava-se.

— Eu achava que você e Basie já eram uma equipe – ele disse, cheio de atitude.

Alguém trouxe um copo de suco de abacaxi com menta para o demonídeo.

— Mas nós queremos uma equipe completa – Amanda especificou. – Só precisamos de mais dois integrantes, no mínimo, um porta-voz e um infiltrador. Calisto mencionou que irá nos inscrever no Sicariato. Você sabe disso. Eu penso que você seria um excelente porta voz, Kairus. Você tem uma boa lábia e ouvi um rumor de que adquiriu um ótimo contato recentemente – ela continuou depois de uma pausa para tomar um gole do chá. – Não é coincidência que faço essa proposta a você. Sei que retirou justamente um bandidinho do submundo esses dias, então eu decidi deixá-lo a par dos planos, ainda que estejam um tanto incertos, a este ponto.

Ele circundou a borda do copo de suco com o indicador.

— De fato, também acho que ele seja o perfeito candidato a infiltrador. – Lito, de quem falavam, ainda dormia.

Lito acordou meia hora depois. Sentia fome. Ele rolou sobre a cama e os seus olhos recaíram sobre a janela de onde entrava o brilho da manhã avançada. Sorriu.

O infiltrador desceu ao salão comum. Pediu comida a Chevron, que recusou o dinheiro quando Lito tentou pagar por alimento e estadia.

— Você é da casa agora. Eu confio no azulado.

O dinheiro que Calisto providenciava à casa após cada missão bem-sucedida era muito mais que o bastante para suprir a necessidade de seus soldadinhos. Aos poucos, a Taverna de Chevron tornava-se uma Guilda de Chevron.

Quando Lito virou as costas, deu de frente com Amanda, Basie e Kairus, que sorriam para ele de uma das mesas. O quarto membro da tropa chegava.

Depois de discutir estratégias de combate sobre taças de vinho e um tabuleiro de xadrez, Kairus levantou-se. Carregava consigo a peça que lhe representava: o bispo negro. Ele se despediu com polidez e se afastou da mesa, deixando a taverna após tocar uma gorjeta no balcão. O garoto demônio contornou o prédio enquanto apertava a moeda de defunto na palma da mão direita. Nos fundos, encontrou o bosque de amendoeiras no verso do cemitério.

Kairus atravessou a rua e se recostou ao muro do terreno. Acendeu um cigarro por cortesia de Basie e observou o movimento. Era por volta das três de uma tarde relativamente calma. Salvo algumas figuras de caráter questionável, pouco era o movimento naquela rua desinteressante. Kairus chamou um caminhante ao acaso e lhe deu algum cobre para ajudá-lo a saltar o muro do cemitério.

Ele caiu com tudo do outro lado. Insignificante foi a dor em seus joelhos pueris. Como esperado, o terreno sagrado não teve o menor efeito em seu sangue metade humano.

Algumas cruzes fúnebres despontavam do capim marcando as covas dos indigentes entre as árvores. Kairus caminhou calmamente entre as raízes expostas. Andou por um momento guiado pelos ruídos do ambiente, sempre atento aos paladinos-menores que porventura poderiam por ali patrulhar. Viu-se, por fim, diante de um coveiro prestes a romper o solo com a pá que carregava. Ao seu lado, um corpo fresco jazia no chão, coberto por um trapo acinzentado. Kairus ignorou o homem, que cravava a pá no chão com o seu pé e agora o observava em silêncio. O menino descobriu o cadáver e o analisou. Era um jovem humano com cabelo comprido. Pouco mais que um fedelho. Sua pele carregava as marcas de uma vida miserável, como também uma ravina no lado do peito que se afundava até o coração.

Kairus olhou para o coveiro. Seu rosto era coberto por uma barba espessa, curta.

— Tá bento?

O homem olhou para o moleque deitado no chão, de olhos leitosos e boca pendida por onde uma mosca desfilada.

— Ha! Indigente não é bento. Se ele der em levantar, o paladino faz bonk no rabo dele!

— É do que eu precisava. – O obscurídeo atirou uma moeda de prata na direção do coveiro, que aquiesceu e se retirou do local. Foi complicado, mas Kairus conseguiu rolar o cadáver por cima do muro, para o susto e a correria dos transeuntes. Ele deu um jeito de sair por conta própria e encontrou seu troféu todo retorcido na calçada, bem onde o havia jogado. O jovem azulado então o endireitou e recostou a moeda de defunto em sua testa. O efeito começou aos poucos, por meio de pequenos espasmos nos dedos até finalmente recobrar algum fac-símile de vida.

Kairus ordenou que se levantasse, e depois o cobriu com a capa que antes ele próprio vestia. Aquele seria o quinto membro do grupo.

Era o início da tarde quando o grupo foi oficialmente recrutado. Os quatro mercenários e um zumbi teriam menos de 24 horas de preparação. Uma clássica missão, impedimento de acerto de contas, tendo um pequeno vilarejo como destino.

Capítulo 7

UMA TARDE NEBULOSA EM UMA TAVERNA NA BEIRA DA FLORESTA

Janus estreitou a gola da pesada capa de inverno. Não enxergava dois palmos à frente de seu nariz, como diz o clichê. À sua volta e sob os seus pés, era uma brancura sem fim. O seu corpo rasgava a camada de neblina na estrada, em cuja largura caberiam duas carroças lado a lado em dias melhores, apenas para a bruma se reformar em igual empenho às suas costas. Os seus passos desencadeavam um ruído fofo um tanto irritante na cobertura de neve sobre os paralelepípedos.

Como encontraria o prédio naquela garoa?

A teoria mais aceita era que um dragão albino se instalara nas proximidades, cuja influência na tessitura mágica promovera aquele tempo atípico. Mas sua época de dragões e masmorras ficara no passado. Janus Fiorejo estava por ali para apanhar um relato. A sua preocupação supérflua foi subitamente desintegrada quando ele se recordou de que, obviamente, ainda possuía ouvidos. Sorriu. Era impossível deixar passar o som de algazarra de uma taverna lotada de refugiados, só enfrentou algum risco ao tatear para não dar de frente com um dos diversos carros de madeira e aço estacionados ao redor do recinto, os quais ficaram ilhados lá quando a paisagem se transformou em um mundo surreal e perigoso. Ataques de criaturas alienígenas já haviam sido relatados mais de uma vez por aquelas bandas. No entanto, aquela era outra coisa que não interessava a Janus, o bandoleiro.

Sua visão apenas serviu de alguma coisa quando estava a dez metros do casarão, ao avistar as janelas tingidas de amarelo pelas luzes de velas, lampiões e candelabros que emanava lá de dentro. Um emblema em bronze na parede de troncos deitados de árvore insinuava a "graça" do local: um montinho de grãos vestindo um gorro de ladino; o botequim do Pistache Soturno, àquelas horas outrora um tanto improdutivas no meio da tarde, mantinha apenas alguns lugares vazios, e isso porque eles foram reservados com antecedência.

Janus entrou no botequim. Como sempre, o ambiente honesto, com o insumo bruto e puro da humanidade, deixou-o desnorteado por alguns segundos. Havia risadas por toda parte, velhos jogavam carteado entre si, jovens aventureiros se gabavam da última expedição aos ermos e rapazes afoitos flertavam com moças que fingiam encabulamento. Alguns deles ainda se viam na coragem de flertar abertamente mesmo com outros rapazes. Canecões de água-mel encontravam lábios já umedecidos e mãos bobas se achavam quase que incidentemente em coxas desavisadas.

Janus sorriu novamente, abobalhado, e passou ainda algum tempo procurando com os olhos, a distância, o contato que havia, bem, contatado por correspondência nas semanas anteriores.

— Ô barbudo! Deixa de ser otário e fecha a porra da porta. Tá deixando a friagem da bruma lá de fora invadir! — gritou um metadito, ou *halfling*, em pé próximo a uma das lareiras do local. Rudemente alertado, Janus Fiorejo fechou às pressas a porta estreita de mogno. O metadito então atirou mais uma braçada de toras ao fogo e estendeu as palmas das mãos na direção dele. Ainda no terreno semântico de membros humanos, estava também a mão erguida que Janus avistou no mar de mesas marrom-avermelhadas, justamente com a uma cadeira reservada. E o único ocupante daquela mesa era um homem que correspondia à descrição oferecida na carta: negro, de idade avançada, barba curta, tal qual a do próprio Janus, tranças espessas em dreadlocks e, por fim, uma degastada capa de viajante, também muito similar à do próprio Janus, coincidentemente.

Janus sentou-se diante dele e olhou em seus olhos, lembrando-se do último detalhe da descrição daquele homem, as pupilas curiosamente amarelas, quase leitosas, mas não cegas, de modo algum similar à cor de olhos cegos. Eram vivas, com contornos bem definidos e extremamente profundas, a ponto de entalhar janelas nos peitos das pessoas e deixar expostos os seus corações.

— Debelzaq.

Janus ofereceu a mão direita.

— Fiorejo.

Debelzaq aceitou o cumprimento e ambos trocaram mais algumas mesuras protocolares. Ao fim delas, Janus tomou de dentro de sua capa um caderno de anotações e uma pena encantada. Por sua vez, o outro homem retirou um incenso de sua respectiva capa. Janus assistiu a cada gesto dele com total atenção.

— O senhor vai entrar em transe? – indagou, escrevendo alguma coisa em seu caderno. Fiorejo torcia para que aquele fosse, sim, o caso, uma vez que o transe das tribos xamânicas da floresta de Dez Passos era um ritual extremamente respeitado nos ambientes acadêmicos do círculo erudito Lux-Umbra, as duas cidades no centro do mundo, as quais disputavam a sombra do Mt. Desterro conforme o Sol escalava a abóbada celeste. Diferente de alguns, Janus não possuía imagens pré-concebidas daquela prática. De fato, se havia algum conceito antecipado diante dele naquele momento, era um de respeito e muita admiração.

— Sim, pretendo. Eu gostaria que você anotasse o que eu vi naquele dia quando abriram o maldito baú, e não há nada melhor do que um bom e intenso transe para recordar imagens e palavras ditas. Nós xamãs às vezes recordamos até mesmo as memórias de outras pessoas, vivas ou mortas. Anote, com muita atenção, o que sai diretamente de minha própria boca. Na verdade, até mesmo bochechei uma infusão de uma porção de ervas em preparação a este momento. Tá fresquinho.

Janus sorriu não tão suavemente, de fato faltou apenas mostrar os dentes, ao passo que os pelos de sua espessa barba saíam do caminho conforme seus lábios se mexiam.

— Antes que o senhor começasse, – disse – eu gostaria de alguns esclarecimentos. Como o baú foi encontrado, exatamente, e onde foi?

Debelzaq ergueu a cabeça ligeiramente, fechou os olhos e tomou o ar ainda intocado pelo incenso apagado, mas carregado do odor das velas e álcoois variados, somado também ao aroma de alguns assados pitorescos que eram distribuídos aos seus arredores.

— Então... – disse Debelzaq, enfim. – Uns sujeitos bem arrumados adentraram o nosso vilarejo. Geralmente ele fica oculto e se aproveita das anomalias geográficas da mata de Dez Passos para se deslocar magicamente de uma clareira a outra da floresta, sem deixar rastros e sem ninguém, mesmo dentro de suas próprias cabanas, perceber. — Ele tomou uma das hastes de incenso e levou até o nariz, sentindo o aroma adocicado do objeto ainda inaceso. — Isso apenas prova que eles possuíam algum magicista especialista em vidência em seu meio, por sinal, alguém bastante talentoso. Eles não carregavam nenhum emblema. De fato, eram isentos de qualquer tipo de identificação. A única coisa que me chamou a atenção em sua aparência, naquele momento, eram as capas compridas. Todas elas em tons escuros: verde-oliva, vermelho-vinho, azul-marinho etc. Eu viria a descobrir depois que são apóstatas, algum grupo de antigos sacerdotes que esbarraram em algum conhecimento proibido e profano. Sem nenhuma mesura, apenas nos pediram para levá-los ao cadáver imemorável de uma árvore que, quando viva, talvez tivesse uns 20 metros de comprimento. Os pirralhos da nossa tribo têm o costume de desafiar uns aos outros a entrar fundo no casco daquela árvore e voltar com uma noz roubada dos pobres esquilos como prova de coragem. Os forasteiros pagaram muito bem pela escolta. Após conseguirem o que queriam, apenas nos pagaram e saíram, sem fazer mais nada. Bem, exceto um. Um deles ainda teve tempo de seduzir uma guria e fodê-la antes de ir embora. Imagine o alvoroço.

— O que eles queriam com a árvore? — Janus intentava logo retornar ao assunto, antes que ele próprio tivesse quaisquer chances de desviar o assunto de suas anotações para o sempre fértil solo das conversas de putaria.

Antes que Debelzaq continuasse o seu relato, foi contido rudemente pelo metadito, que agora atravessava o salão com outra braçada de lenha. Os seus pés cabeludos e descalços, como sempre, serelepes em sua caminhada ligeira.

— O quêêêêê? Você vai acender o cacete de um incenso aqui dentro, caralho? A porra do mago residente já mal consegue reciclar o ar dessa pocilga abarrotada e você ainda quer acender a merda de um incenso?

Debelzaq, então, arriou os ombros, resignado, e enfiou novamente a mão dentro de sua capa. Trocou o incensário por um cantil e deu um gole, fazendo careta.

— Estrato de cogumelo mediúnico – disse.

Janus sorriu, desta vez mostrando os dentes, abrindo uma brecha branca em sua barba castanha.

— Eu adoro um homem prevenido.

Debelzaq fez outra careta, dessa vez para externar algumas palavras que ele julgou amargas.

— Sinto muito, senhor Jota Ponto-Abreviativo Fiorejo, mas já eu sou mais chegado às gurias prevenidas.

Tentando retomar o profissionalismo, Janus tossiu, baixou a cabeça e novamente rabiscou alguma coisa.

— O que os forasteiros fizeram na árvore?

— Eles cavaram um buraco na frente dela, e de lá de dentro tiraram um baú de madeira polida. Ele parecia que nunca tinha visto um grão de terra na vida.

— O senhor viu o que havia dentro? – Janus mordiscava a ponta da pena de corvo encantada.

— Sim, eu e mais uns cinco guris. – Debelzaq tamborilou os dedos por debaixo do tampo da mesa por alguns segundos. – Estou sentindo, as visões vão começar logo. Havia alguns pergaminhos enrolados dentro do baú, que também não era grande. Um homem poderia carregá-lo nos braços, pois tinha a largura de um ombro a outro de uma pessoa de estatura mediana. Não consegui ler o que estava escrito neles, mas de qualquer modo o mais interessante não era o que estava dentro dos baús, mas o que aconteceu comigo no momento exato em que ele foi aberto... por fora, meus confrades explicaram que eu desabei como um passarinho morto e sofri convulsões violentas, me estrebuchando no chão. Por dentro, não era mais eu. Eu via pelos olhos de um rapaz. Era a primeira vez em que eu fora acometido por uma visão espontânea.

Capítulo 8

LIMBO

Homens gritando — berros de excitação, de desespero, gemidos de dor, e clangor de armas — foi tudo o que os seus ouvidos apuraram de uma hora para a outra. A terra úmida já desaparecera sob as suas costas há muito tempo. Primeiro era como se flutuasse no ar. Agora, o seu tato lhe dizia que havia sobre a sua barriga e as palmas das mãos, ou melhor, debaixo delas: um chão saturado de sangue. Desorientado, sentiu o solo tomar forma em centenas de pequenas lâminas flexíveis. A grama acariciava a pele do seu rosto. Abriu os olhos. Viu botas de metal darem passos de uma valsa mortal. Um homem caiu. Uns 12 outros continuavam de pé.

Ele se ajoelhou quando a tímida onda de choque do homem caído chegou à sua bochecha, como se ela o fizesse despertar para o mundo. O não-Debelzaq limpou a baba do rosto com o dorso da mão e olhou os seus arredores. Um Sol vespertino banhava a grama cintilante de primavera. Ainda havia cristais de orvalho sobre as folhas e nas flores amarelas. Também havia o vermelho do sangue fresco. Os dois lados vestiam azul. Havia alguma distinção minúscula entre os seus brasões, no entanto. Mas não a conseguia distinguir por conta dos olhos embaçados.

Homens louros, morenos e ruivos formavam um oceano homogêneo que se dividia no meio, onde uma orgia de lanças, machados, espadas e escudos se deleitava em frenesi. Isso a uns bons 20 passos de onde estava.

— Garoto! Fique aí! — Alguma voz rouca disse de algum lugar do mar de homens.

A menção do "aí" o fez refletir no "aqui". Ele não sabia quem era o "garoto" a quem se destinava a ordem, mas ainda assim a ponderou como se fosse dirigida a ele. E tão por acaso, o seu "aqui" era um lamaçal de corpos no meio do campo de batalha. Rapazes e velhos de diversas idades jaziam moribundos ou mortos ao seu redor. Era uma ilha de cadáveres no meio do mar de estandartes azuis. Nas costas de sua mente, ele se perguntava onde andaria o baú, os outros autóctones, os forasteiros encapuzados ou os restos do pessegueiro. Também se deu por falta da idade: sentia-se mais leve e bem-disposto do que o costumeiro. Somado à vontade de morte que emanava daqueles homes, essa constatação o contagiava com um fogo difícil de controlar. Pensou. Ele não era de agir sem antes comedir. Ali, nos joelhos, corria mais risco de tornar-se o destino de alguma flecha perdida. Tornou a deitar-se de bruços em meio aos cadáveres. Os deuses sabiam o quanto ele estava acostumado a respirar fundo, ter paciência e esperar quando nada mais podia ser feito.

— Garoto! – uma voz disse. Ele não podia dizer se era a mesma de antes. – Levante-se e corra, antes que se torne um de nós: condenado a lutar por todo o sempre.

Debelzaq não comediu mais, a ideia de permanecer naquela pilha de corpos incomodava-o profundamente. Ergueu-se. Foi então que notou que estava nu. Virou-se para o bosque e correu. Continuou a correr mata fria adentro, até onde as árvores tornaram-se neblina, pela qual ele viu-se cercado, mergulhado em um mundo branco muito semelhante ao daquela noite na taverna. Havia bruma diante do rosto, acima da cabeça, às suas costas e, aparentemente, até mesmo debaixo de seus pés. Os grãos de terra e grama deram lugar a um calçamento liso e indistinto. E já não mais havia bosque. Apenas a bruma por todos os lados.

Perdeu o impulso e a vontade de correr. Andava sem saber mais por quanto tempo, perguntando-se se era aquele o seu desfecho final, *ad eternum*, como o daqueles homens, destinados a lutar, em morte, muito provavelmente em resultado de algo que fizeram em vida. Aquela não era uma conclusão que demandava esforço para se chegar, levando em conta as suas últimas lembranças antes de brotar no campo de batalha, vagando por dentro da floresta de Dez Passos com uma campanha de desconhecidos.

Quando já imaginava que vagar pela bruma era a sua punição por uma vida moderadamente impudica, ele sentiu que tocava em algo com a ponta do dedo do meio do pé direito. Uma pedrinha. Mas não foi isso o que mais chamou a sua atenção, foi o ruído que essa pedrinha fez chocando-se contra outro objeto, que aparentava ser de madeira, a julgar pelo ruído feito.

Deu mais alguns passos, buscando o objeto misterioso com mãos e pés, às cegas. Forçou os olhos e avistou uma forma retangular alguns passos à frente. Uma porta. Tiras de madeira recaíam lado a lado, de alto a baixo. Um puxador enferrujado e antigo, de fato bem no local onde puxadores costumam se encontrar, logo ia exigindo a carícia da mão de Debelzaq. Ele lhe conferiu prontamente, mas a porta se fez de difícil. Ele puxou e empurrou, mas a porta não se abria. Desistindo, retraiu a sua mão. Uma dobrinha entre o polegar e o indicador, no entanto, aderiu às irregularidades da superfície, arrancando-lhe um pequeno pedaço de pele no processo.

— Ai! – Debelzaq lançou um gemido e sentiu um fio de sangue quente escorrer pelo cantinho da palma da mão. Era como se a porta quisesse experimentar o gosto de seu sangue, a chave, a moeda de troca: eis que a porta começou a gemer, abrindo para fora.

Ainda antes de entrar, Basílio avistou uma figura rotunda em um manto pardo que aguardava a sua entrada. Era uma gruta pequena e bege com paredes de pedra. Os contornos daquele ambiente eram arredondados tal como os do estranho que observava em silêncio. Os seus olhos azuis leitosos eram como duas bolas de gude em sua face de pó de arroz suave. Diante dele, uma jarra de barro jazia entre duas mudas de planta no topo de uma mesa simples de madeira. Malte e cevada emanavam dali, em meio aos dois potes de arruda que a delineavam. O odor tostado da cerveja misturava-se com o frescor das pequenas flores amarelas que o levavam de volta aos terrenos baldios da juventude em suas explorações da Cidade Murada.

O rapaz aproximou-se – ele sentiu que era o que ele deveria fazer. O homem redondo em trajes de monge olhou diretamente para os seus olhos e depois baixou a cabeça para o interior da jarra. Debelzaq seguiu os seus olhos. No líquido preto, ele enxergou uma precária imagem: o seu próprio reflexo.

Debelzaq tocou o próprio rosto. Não havia mais olheiras, nem rugas. A pele debaixo de seu queixo também já não se dependurava mais. Não era assim que ele costumava se parecer – em nenhum momento de sua vida. De fato, a cor de sua pele estava totalmente mudada. No entanto, ao mesmo tempo, também não era uma imagem estranha. Aquele rosto jovem e fino, de cabelo encaracolado, a pele bronzeada – litorânea – de seus braços medianamente fortes e a estreiteza de sua cintura sempre estiveram em algum lugar no fundo de sua mente, uma sombra, uma memória fantasma. Perguntava-se se aquilo era uma questão de reencarnação, de inconsciente coletivo ou de ambos simultaneamente.

Ele lançou um olhar de volta ao homem de semblante austero, que reciprocou antes de baixar o rosto outra vez. A sua face rechonchuda, séria, parecia ordenar que ele fizesse o mesmo.

Debelzaq não sabia se estivera distraído demais para notar a presença daquele punhal anteriormente ou se só agora ele tinha se manifestado lá: o fato é que havia uma pequena lâmina no interior da jarra.

A cerveja preta era pouca, como se alguém estivesse a guardar um último copo para o fim da tarde de domingo. A faca, por sua vez, apoiava-se no barro batido. O garoto inseriu a mão na jarra, que clamava por ela, e de lá puxou o punhal delicadamente, como se a reaver a sua própria carne de dentro do corpo de uma jovem dama. Enquanto tomava a lâmina molhada em cerveja, sentiu um par de mãos recair aos lados de sua cabeça, sem que a tocassem.

O monge vestira-lo com uma coleira de galhos de arruda, o odor cobrindo-o todo. Em seguida, ele derramou devagar o resto da cerveja no topo da cabeça dele, imbuindo os cabelos cacheados do garoto com o seu líquido espesso. Ele fechou os olhos e fendeu os lábios rosados, sentindo um estranho êxtase se dilatando por todo o seu corpo nu. Em resultado, o sangue quente de jovem espalhou hormônios por todas as suas extremidades, primando-o para uma situação bem particular.

Enquanto a mente do menino vagava pela volúpia, o monge recuava à parede onde puxou uma alavanca rústica. O rastilho no meio da gruta, ao qual até então Debelzaq – ou Basílio, como agora lembrava se chamar – não dera nota, começou a erguer-se preguiçosamente, rangendo. Entre as suas grades retráteis, via-se uma trilha esculpida na rocha crua. Ostentando um punhal e um falo, o homem jovem já sabia o que fazer. Contornou a mesa de madeira, os ouvidos pulsando, e passou ao lado do monge que o observava a quase sorrir.

O jovem foi andando pela trilha rochosa, sentindo um grau de declínio sob os seus pés. Uma fina camada de água foi subindo até quase mergulhar totalmente os montinhos de cabelo no torso de seus pés. Ele esperava encontrar um corpo quente ao qual unir-se no chão molhado e fresco do outro lado da trilha, mas a mera presença de uma lâmina de aço era de mau agouro.

E logo ele saberia o porquê.

A pedra marrom deu espaço a um azul-turquesa, a refletir a água da câmara que se abriu adiante. Diferente do cômodo anterior, que era iluminado por tochas tremeluzentes em cada parede, este era contemplado por uma fenda no topo da câmara por onde alguma sorte de luz natural adentrava as premissas. A luxúria não durou, pois logo o garoto deu de frente com mais um surto de cadáveres. Corpos em vários estados de podridão e inchaço repousavam por ali naquele espelho d'água. E um ruído repugnante logo o fez descobrir a finalidade do punhal que carregava na mão direita. Uma criatura, da estatura e forma de um homem, refestelava-se da carne de um dos cadáveres no canto do outro lado da sala. O rapaz imediatamente se abaixou, contraindo-se quase como um feto. O caldo imbuindo os seus cabelos e o cordão de ervas o impedia de sentir o fedor de toda aquela situação.

O ser humanoide tinha a pele lisa e azulada, revestida por uma espécie de gosma translúcida. Não tinha orelhas, apenas a ideia de dois orifícios nas laterais da cabeça. O seu corpo era esguio e certamente flexível, em sua posição assentada e curvada sobre o cadáver.

Apertando o cabo da sua precária arma, Basílio pensou friamente. Deteve-se para analisar os seus arredores. A coluna de luz que descia da fenda no teto pairava diretamente em um pedestal onde, singelo, morava um copo de barro. Instantaneamente, Basílio soube o que fazia ali. Ele deveria reaver aquele artefato a qualquer custo.

Logo pensou em esgueirar-se devagar até o objeto e o surrupiar. Engoliu a saliva antes de executar qualquer ação precipitada. Analisou a sala com mais atenção. Os corpos pareciam arrumados rentes à parede, deixando trilhas de armamentos até o copo de barro, como se houvessem morrido mais para o meio da sala e depois afastados pelo carniçal aquático em uma grotesca coleção. Lanças, espadas, machados e até mesmo armas de fogo de diversos calibres se amontoavam em volta do pedestal de meio metro, todas corroídas pela maresia. Sim, o ar deixava um gosto salgado no fundo da garganta. Seus olhos passaram pelos defuntos, caçando algum perigo oculto quando algo o fez olhar duas vezes. Era isto. Esse, aquele, e aquele outro também. Os corpos estavam todos nus como Basílio, e a aparência de cada um deles – quando distinguível – compartilhava algum traço marcante com o outro, como se todos eles fossem moços de diferentes idades pertencentes à mesma família, ou até mesmo como se um só rapaz tivesse trilhado uma ou outra vereda distinta em sua vida, e para cada uma delas brotasse um novo corpo e sujeito. Alguns pareciam meros fedelhos de 14 anos. E os mais velhos não chegavam nem aos 24.

 Olhando aqueles jovens cadáveres, Basílio sentiu um fio na espinha, chegando a uma conclusão apavorante que preferiu não ponderar. Aquele era, em absoluto, o inferno.

 Recompondo-se depois de encher os pulmões de ar repetidas vezes, ele analisou uma outra vez o cenário diante de si. O som da carne rasgando-se emanava do nicho da criatura, que se ocupava de um cadáver fresco. O que aqueles jovens fizeram de errado? Que decisão lhes causou a morte?

 Será que nenhum deles tentou surrupiar o receptáculo? Em contrapartida, se alguém já tivera sucesso, como aquele copo de barro ainda jazia ali? Talvez tenha sido substituído por um novo copo, mas Basílio não se sentia confiante o bastante para apostar naquela possibilidade.

 Ele olhou outra vez para a refeição do carniçal. A seguir, reparou novamente em sua adaga simples, a água cintilava a segundo plano. A mão bronzeada segurava o cabo com suavidade. As unhas esbranquiçadas filtravam o rosado abaixo. Olhava outra vez para o monstro que tratava de sua horta de cadáveres. *Talvez um instrumento de corte lhe cairia bem.* Pensou em ter com o carniçal. Talvez a besta aceitasse uma troca. Aquele instrumento de corte – e açougue – pelo copo de barro. Antes que desenrolasse o seu corpo nu e abrisse a boca, no entanto, indagou-se. Nada garantia que o seu interlocutor era capaz de raciocínio complexo. Talvez fosse movido por puro instinto. Além disso, a pletora de armas largadas ao seu redor provava que ele não se interessava por talheres.

 Então um evento minúsculo desenrolou-se diante de seus olhos tão rapidamente que ele mal acreditou ter de fato o testemunhado. Aguçou todos os seus sentidos, sem saber bem ao certo o que procurava. Um punhado de fótons chocou-se contra alguma coisa pairando no ar, algo tão ínfimo que praticamente não existia. Um reflexo que apenas os mais aguçados dos olhos notariam.

 Arduamente, Basílio conseguiu enxergar um pequeno fio enrolado na base do copo, que subia até o teto, onde se conectava com um gancho bem camuflado em meio à porosidade natural e de lá descia outra vez até um montinho de ossos ao canto da parede: uma armadilha de barulho projetada para apanhar gatunos afoitos.

Algum suor correu por sua testa enquanto ele se esgueirava pela caverna, tentando minimizar o som da água que cobria os seus pés. Cortou o fio de linha com a adaga e tomou o copo. Não permitiu que o corpo relaxasse. Estava tanto em perigo quanto há um segundo. Virou-se devagar e refez o caminho, comedindo cada centímetro.

Após retornar por metade do corredor e se sentir seguro, endireitando a coluna, aproximou-se da parede de pedra crua e urinou profusamente, aliviando toda a tensão e medo de seu corpo. Quando terminou, esticou o braço, espalmou a mão na rocha e fechou os olhos. Ficou ali por alguns segundos, de olhos fechados, deixando seu corpo comungar com o ambiente ao seu redor: o barro nos seus pés, as águas e a rocha. O sal em seus pequenos cachos. O cheiro de arruda e cevada, com um toque de podridão. Uma lágrima escapou da sua pálpebra esquerda, fruto de puro estímulo físico. Uma catarse corporal.

Basílio-Debelzaq voltou para a antecâmara aos calafrios. O monge o esperava. Os seus lábios sempre contorcidos em um sorriso permanente agora quase que estampavam o genuíno sentimento. O jovem entregou-o o copo de barro e, em retorno, o esotérico homem de fé ofereceu-lhe um livro de capa vermelha. Nele se destacava o título *CRYSALIS FILIA ALANI*. Sem aguardar um convite formal, Debelzaq o abriu e passou os olhos pelo conteúdo.

***

— O monge detentor de segredos... – recordou-se Janus Fiorejo. – Não é a primeira vez que ele faz uma aparição a uma pessoa desacordada. A ilustríssima Priscila, a Preguiçosa em pessoa, já descreveu esse fenômeno. Fascinante! Ainda me baseando no que ela escreveu, não creio que aquele rapaz se trate de outra encarnação sua. Acredito que algum espírito se fixou em você, e por algum tempo isso lhe provocou uma despersonalização. Além disso, nós todos temos protótipos faciais enterrados em nossas memórias. Você reconheceria a face do rapaz tanto quanto a de uma moça aleatória ou qualquer outro rosto. – Mas Janus não conseguia conter a curiosidade. – O que estava escrito no livro? Você se recorda?

Debelzaq, agora ele mesmo por inteiro, sorriu misteriosamente.

— Esse, meu caro, é o motivo pelo qual eu olho por cima do ombro para qualquer lugar que eu vou, pelo qual eu temo um sicário clerical em cada esquina. A verdade é que o Panteão Sacrossanto tem guardado segredinhos de todos nós. O nosso mundo não foi criado exatamente pelo modo que o clero tem pregado, e é bem mais antigo, inclusive, do que se acredita.

— Mesmo, Debelzaq? Ouvir-lhe-ei atentamente.

— Você alguma vez já se perguntou por que este mundo é tão diferente dos demais? O nosso querido Tessellis não passa de um mosaico de fragmentos côncavos enquanto os outros são redondos como um tomatinho-cereja. Bem, há um motivo para isso. Prepare a sua caneta. Se você achou que o sonho que lhe relatei até agora foi surreal, você nem imagina o que sairá da minha boca agora. – O xamã tomou outro gole de seu cantil. – Eis o que eu li naquele livro:

Capítulo 9

UMA VISÃO SURREALISTA DO PASSADO

No Primeiro Éon Forasteiro, os portais de dobra rasgaram o céu desta terra, naquele tempo ainda batizada de Crysalis, o jardim idílico que flutuava pela nebulosa recém-chegada no sistema solar. As torres negras dos Forasteiros então se encravaram na terra como pregos em uma cruz, dando origem ao Império Primordial. Bastos Cartos, explorador-mor de Alana e potentado, construiu as primeiras arcas que flutuam sobre os campos e florestas, como também abaixo e acima das águas e velejam nos desertos.

A doutrina de Cartos pregava, àquela época, o isolamento e o conservacionismo. *Os celestes devem permanecer unicamente nas suas torres de vidro e nas naus que rastejam sobre a terra, cavam nas rochas ou pairam sobre as árvores.* A sua presença ali seria meramente contemplativa e arbitrativa, argumentava ele, como um lampião na escuridão nos paroxismos de desenvolvimento das civilizações que viessem a brotar naquele lugar categoricamente alienígena, embora lhes fosse tão familiar... A natureza das árvores, dos rios, e do anel celeste deveria permanecer intocada. O erro cometido na Terra Antiga não deve ser repetido.

O Vigilante do Anel Celeste, Lauro Ignante, no entanto, também despertou a tecnomancia, e sua visão de mundo se chocava contra a do Imperador Cartos. Ele espalhou moradas de puro metal e circuitos pelo anel de meteoritos gelados e salpicou cidades-bolhas tanto pela superfície terrestre quanto pelo fundo dos oceanos de Crysalis.

A guerra que se seguiu durou 200 anos. Ao seu fim, a tecnologia dos Forasteiros retrocedeu mais de dois mil anos. Os cumes das Torres Negras explodiram com furor, os seus reatores de fusão sabotados. Naus titânicas cruzaram a atmosfera e as órbitas de Crysalis. As moradas celestes dos Vigilantes choveram por sobre a terra como uma tempestade de fogo.

A trégua se estabeleceu. Os Vigilantes dominariam os anéis celestes e as sete luas, para desfrutarem ao seu prazer. Os Terrenos reinaram sobre a terra, os desertos e os oceanos. Os céus seriam o reino de lugar-comum, onde as arcas dos Terrenos e as naus dos Vigilantes cruzariam lado a lado. As cidades-bolhas cravadas nas terras e no fundo dos oceanos se tornariam Estados de interdependência, necessitando de suprimentos de ambos, mas a nenhum pertencendo. Aos poucos, entretanto, essas divisões tornaram-se cada vez mais simbólicas. Houve harmonia por um tempo.

O início do Segundo Éon de Crysalis foi marcado pela conversão da sétima lua em pura máquina, aumentando o poder computacional dos Forasteiros em 300%. CPUS e cabos cobriram a superfície lunar, transformando-a em uma espécie de inferno cibernético. Esse foi também o momento em que o imperador potentado, Bastos Cartos, livrou-se de seu invólucro físico e fundiu a sua própria alma ao maquinário Forasteiro, cobrindo como um manto cada canto do seu reino, interligando cada máquina e cada circuito em um único ser. Os potentados menores ainda tinham sua autonomia, mesmo que a maior parte do seu corpo fosse composta de nanomáquinas, e seus interesses particulares os fizessem chocar-se uns contra os outros com certa frequência. Diz-se que, apesar disso, a lua 7 ainda hoje é a morada de Cartos, apesar de ela ter desaparecido do céu de Crysalis há muito tempo.

No meio do Segundo Éon Forasteiro, eis que surgiram alguns movimentos destecnologizantes, ante os constantes conflitos entre as corporações e o punho de ferro com que as novidades mais avançadas eram mantidas pelos mais abastados. A maior parte dos povos das torres de vidro negro vivia no equivalente ao século XXI da Terra Antiga, especialmente nos andares mais baixos, para onde o lixo de todos os outros níveis invariavelmente recaía e se acumulava.

Eis que surgiu, da torre mais ao norte, o Antitecnos, o Grisalho, também conhecido como o primeiro Grande Sonhador, cujas palestras, estando ele sempre desnudo da parafernalha maquinal, atraía multidões do cunho mais miserável e ignóbil. Por isso, aquele lugar foi chamado de Renúncia, pois ali o humano abdicou do artificial.

O Grisalho, acompanhado de 777 homens, mulheres e aléns, desceu da torre norte e marchou pela terra a caminho do sudoeste, até a as terras mais agradáveis diante da Torre Negra do oeste, de onde desceram mais 333 homens, mulheres e aléns. Ali, diante do mar chamado de Bahía de Afrodite, houve festa, pois, pela primeira vez, a carne estava livre da máquina. Houve algazarra, houve alegria e houve paixão. Os renegados deitaram-se em orgias e multiplicaram-se exponencialmente. Nem os animais escaparam de seu furor, que espalhou a semente sagrada por toda a terra, água e vento, em um frenesi que durou sete dias e sete noites.

Ao fim, o Grisalho também se elevou tal como o potentado certa vez o fizera, e foi então que se tornou o Grande Sonhador. Provando do Veneno da Libertação, ele sonhou e sonhou, assentado sob a farta Pessegueira, enquanto o seu corpo apodreceu e sua alma fundiu-se com as árvores, com os desertos, com os ventos e com os mares. Das mulheres, de alguns dos aléns e das fêmeas dos animais nasceram seres de toda sorte, saídos dos sonhos do Grisalho, que cobriu a sua mente por sobre toda a Terra Brava como um manto de sonhos, fermentados pelas antigas lendas da Antiga Terra. Das mulheres e dos aléns brotaram os Elfos, os anões das montanhas, os anões das planícies, os gnomos, as sereias e toda sorte de bípede. Dos pesadelos do Grisalho e do ventre dos animais impregnados por sua corte nasceram os monstros que se espalharam pelo mundo, as bestas-feras que aos filhos das mulheres e dos aléns eram algozes, e um se alimentava do outro no ciclo da vida. Dos sonhos do Grisalho também surgiu a magia, o próprio sangue do seu manto de sonhos, cuja manipulação gerava feitiços de toda sorte.

A última ordem de Grisalho, após deixar o seu corpo, foi que os Elfos povoassem as florestas e protegessem as árvores, que os anões habitassem as montanhas de onde extraíssem ouros e pedras preciosas e que cada outra espécie de filho de mulher e filho de aléns vivesse em sua própria morada. Mas ele sabia, em seu âmago, que a guerra viria e que surgiria o derramamento de sangue.

O primeiro a se rebelar foi o elfo, que tomou a terça parte do mundo por meio da guerra, do sangue e da barganha. Eles deixaram a floresta para tomar as planícies dos anões gentis (onde cultivavam as suas plantações e guiavam o seu rebanho), as cidades dos homens (onde havia comércio e prostituição de toda sorte) e as minas dos anões maduros (de onde escorriam os ouros e as pedras preciosas).

Por muito tempo, os Terrenos e os Celestes assistiram a tudo em silêncio, até que os Elfos ameaçaram desequilibrar Crysalis tal como os antigos Forasteiros fizeram no antigo mundo. E eles agiram. Fogo desceu das naus dos céus e o império do Elfos caiu. Foi então que, da cidade de Renúncia, surgiu Louro, o Elfo. O segundo Grande Sonhador, a tomar do veneno da farta Pessegueira. De seus sonhos abriram-se portais para os planos inferiores, os abismos de fogo, de gelo e de trevas e se fez pactos com demônios de fogo, de gelo e de trevas. As criaturas inferiores tornaram o ar venenoso aos humanos antigos, obrigando-os a cobrir os seus rostos com máscaras. Bolas de fogo, de gelo e de veneno revidaram as naus de ataque, mandando os Terrenos e os Celestes de volta para os seus lares de vidro e de metal. Os demônios também ensinaram aos filhos dos renegados as artes do sortilégio e da magia negra, usando o manto do Louro como intermédio, assim como o do Grisalho de outrora. Como pagamento, os demônios fizeram as grandes cidades dos Elfos e seus palácios de marfim afundarem, mesmo muitos em ruínas, aos planos inferiores, onde seriam vistos como iguais.

Os Elfos então se tornaram nômades enquanto alguns também retornaram às florestas. O afundamento das cidades de cristal e marfim marcou o término do Segundo Éon e o nascer do terceiro, no qual os rudes anões desceram das montanhas e espalharam as suas moradas de rocha bege por sobre a terça parte das planícies e dos desertos.

O Segundo Grande Império durou dois mil anos. Houve sangue, mas a sua maior conquista foi pelo escambo do ouro e das pedras preciosas. Suas moradas de rocha bege, no entanto, alastraram-se pelas terras dos animais, bestas híbridas e monstros, gerando uma guerra monstruosa. Os Forasteiros tomaram piedade, então fizeram descer do céu baús de armas de fogo rudimentares com as quais todos os filhos dos renegados defenderam-se durante séculos até a última bala se acabar. Mesmo com a ajuda dos celestes, a Guerra dos Monstros mostrou-se interminável. Os Rudes, os anões das montanhas, então cravaram fundo na rocha atrás de metais para as suas lanças, maças e espadas para combater os monstros que surgiam tanto do céu quanto da água, da terra e até mesmo das próprias minas onde cavavam.

Foi nesse ínterim que se rompeu o bolsão do subsolo e os Rudes fizeram o primeiro contato com os Fúngicos, pois até ali a Grande Festa de Afrodite se havia espalhado, nos sete dias de regozijo após a descida das

Torres Negras há tantos milênios. Os Fúngicos, cogumelos de dois olhos, uma boca e quatro membros, nascidos da semente do homem que caiu por terra fértil, tocaram nos Rudes com inocência, não sabendo que seus esporos lhes eram tal como o mais cruel veneno. A Praga dos Bolsões, saída do mais fundo dos subsolos, se espalhou por todos os filhos dos renegados, matando a segunda parte de todos os homens, mulheres e aléns e uma pequena parte dos monstros. Foi então que o Segundo Grande Império caiu. Os Rudes remanescentes retornaram às montanhas e ao subsolo, deixando as suas cidades de rocha bege ao domínio das bestas filhas dos animais. O Terceiro Éon foi adormecendo aos poucos e acabou. Aponta-se que o início do Quarto Éon se deu quando As Gêmeas Sonhadoras, a Ruiva e a Morena, finalmente se dividiram.

A Ruiva se juntou, nua, aos ossos do Grisalho e do Louro sob a Pessegueira, cobertos pelas ervas daninhas, onde tomou o sangue da terra, o Veneno da Libertação. A Morena, por sua vez, guardou o veneno em um pote de barro e subiu, também despida, ao Pico da Torre Negra, assim chamado pois a sua altura oriunda de acidentes geológicos rivalizava as mais altas moradas dos Forasteiros. Lá ela comeu da carne do pêssego maldito (uma aberração, artefato blasfemo de máquina conjugado com natureza, divindade e magia arcana, criado durante as guerras entre os Forasteiros), e esfregou o seu suco misturado com veneno por todas as suas fendas, deixando-o penetrar fundo em sua carne.

A Ruiva fez o mesmo sob as folhas da Pessegueira após as duas novamente confabularem e, do meio dos galhos, desceu a Santa Dríade, a deusa de todas as árvores. As duas, dríade e humana, juntaram-se, as suas pernas emaranhadas umas nas outras, as conchas carnosas fundidas, e o sonho extasiante cobriu toda a terra, abrindo o portal para o plano superior do Bosque Sagrado, aquele que toca a floresta situada nos arredores de Dez Passos.

Depois, à Morena, desceu a luz em forma de espírito elemental, pois ela era a mulher mais próxima do Sol – tamanho o seu esplendor. Este elemental, uma divindade dos planos superiores da luz e do vento, recaiu-se por sobre o corpo dela majestosamente, cobrindo-a por completo. E o sonho dela também se espalhou por sobre a terra como um manto sagrado. Dos ventres das irmãs, nasceram os monstros nobres, dentre eles os centauros, os minotauros, as esfinges, os unicórnios e os pégasos. Dos portais, desceram os anjos e os primeiros sacerdotes, que revelaram a verdade do ciclo da vida, onde os retos eram renascidos mais sábios, cada vez mais próximos dos planos superiores, e os iníquos desciam, cada vez mais ignorantes, aos planos inferiores. Assim foi criada a primeira religião moderna, a Casa da Espiral Infinita, seita dos adoradores dos quatro profetas, fervorosamente seguida, embora deturpada pela compreensão mortal e pela distorção historiográfica, como todas as outras religiões.

Dos sonhos das gêmeas, surgiram os milagres da justiça e da cura, finalizando a Trindade Mágica, que também era constituída pelos sortilégios malditos e pelos feitiços arcanos. Porém alguns cultos paralelos surgiram, imitadoras das gêmeas brotaram nos confins da terra, realizando cerimônias sórdidas com demônios e elementais inferiores, fazendo surgir os homens de pele verde, azul e vermelha, orcs, goblinídeos e os obscurídeos – metade humanos e metade demônios –, alguns dos quais se tornariam espinhos na carne da sociedade medievalista nos próximos séculos. Os monstros foram finalmente aplacados pelas guildas, todas da força marcial, agora embebidas de magia letal.

O início do Quarto Éon foi marcado pelas expedições humanas, sempre cheias de ardil, pelas Terras Selvagens, construindo aldeias que, aos poucos, transformavam-se em grandes cidades, entre elas a Nova Afrodite, com a vista para a mesma baia antiga, nas margens da qual Grisalho certa vez estabelecera a sua tribo e, em algum lugar de suas proximidades, descansa o Ermo Profundo, em cujas entranhas se aninha o jardim proibido onde os ossos dos profetas jazem sob a Pessegueira sacromaldita. Inúmeras expedições tentaram encontrá-la, sempre fadadas ao fracasso nas mãos dos monstros, homens de pele verde ou elfos selvagens, impiedosos com aqueles que invadem seus territórios.

Na sociedade humana, no entanto, a riqueza se concentra nas mãos de poucos, enquanto ainda alguns vivem confortavelmente no fio da navalha e tantos outros, a maioria, partilham da miséria. O Quarto Éon se encontrava em seu apogeu, repetindo os mesmos erros dos Elfos e dos Rudes de outrora, mas, ao mesmo tempo, realizando proezas mágicas nunca vistas, o pêndulo da fortuna alcançando extremos da glória e do desprezo até então inéditos em Crysalis. Já os Forasteiros permaneceram em silêncio, ocupados com as suas próprias disputas de poder. E, devido a elas, alguns sábios já ousavam declarar: o declínio do Terceiro Grande Império, a Cosmopolita, já se iniciava, desta vez sem a menor culpa de seus protagonistas.

Os idilianos, habitantes de Nova Afrodite, assistiram, curiosos, à guerra que se fez subitamente no céu. Naus do tipo vespa, falcão e sabre se digladiavam no céu enquanto as tropas terrestres, geralmente tão taciturnas, trocaram tiros entre si pelas estradas e florestas ao mesmo tempo em que torpedos submarinos faziam borbulhar as águas da Bahia de Afrodite. O conflito atingiu o vale do desespero quando a Torre Negra mais próxima de Nova Afrodite explodiu violentamente, também levando consigo dois terços da cidade dos renegados em seu sopé, um dos desastres mais violentos a acometer a civilização renegada, que cortara todos os poucos laços que restaram com seus precursores Forasteiros. Séculos depois, tanto a cidade quanto a torre ainda estavam em processo de reconstrução e novas expedições, impulsionadas pelos desastres, marchavam fundo pelo território monstruoso. Porém o novo conflito entre os Forasteiros não havia acabado, tornara-se apenas mais sofisticado e sutil, adquirindo patamares metafísicos.

O Calvo, o qual levava a sua expedição pelo Ermo Profundo, ainda não sabia que uma guerra espiritual acontecia à sua volta enquanto desbravava o mapa em busca da Pessegueira. Finalmente a encontrou depois de 666 dias de penúria entre os espinhos das árvores hostis. Dentro e fora do ermo, os sussurros dos Forasteiros, chiando nos ouvidos de todo rapaz e homem feito, intensificava-se a cada dia que passava. Os sábios da Espiral finalmente se deram conta do que acontecia em sua volta, mas qualquer coisa que tentassem já não adiantaria mais.

A força expedicionária do Calvo desnudou-se e se preparou para unir-se, cada um dos homens, à Pessegueira, quando ela inesperadamente despertou, impedindo-os de agir. Aquela árvore sacromaldita finalmente adquiriu o dom da fala, e as suas primeiras palavras foram palavras de agouro. Ela dissera que o mundo se acabaria antes de o céu se irromper na manhã do próximo dia, pois os Forasteiros atentaram contra a própria Alana, a nebulosa que de todos é mãe.

A Pessegueira então irrompeu do tronco, deixando a árvore em que jazera anteriormente morrer, entretanto os galhos da deusa ainda se esticaram em proporções titânicas, envolvendo cada rapaz, moça, homem e mulher de Crysalis, que não pertencesse à casta dos Forasteiros, pois a maioria desses já não tinha mais corpos a serem apanhados. Os que ainda possuíam se escondiam em suas bolhas ou asteroides cavados.

Então cada rapaz, moça, mulher e homem expirou – suas almas se concentrando em diversas aglomerações, as quais se tornaram deuses pagãos, tal qual Pessegueiro. Esta, por fim, guardou a Espiral Infinita em um baú dentro da terra, antes de partir com o panteão pagão para dentro do Bosque Sagrado. Essa doutrina seria reencontrada por apóstatas do Clero, dentro do famigerado baú, gerando a nova crença. A Heresia Espiralada. As crianças, no entanto, foram deixadas vivas sobre a terra para se tornarem fadas, os guardiões dos destroços de Crysalis.

Em sua fúria sem fim, os Forasteiros se voltaram conta a divina mãe, Alana, tentando tornar a alma dela acessível à inesgotável ganância terráquea para transfigurar a sua infinita energia criadora em um instrumento bélico. Sem conseguir controlar tamanho poder, os Forasteiros provocaram o Rompimento. Terra, oceano e ar racharam, flutuando no éter como rochas jogadas no rio. Tessellis, como conhecemos hoje.

As fadas, por fim, formaram as membranas que estabilizaram as porções restantes de mundo, as terras planas e côncavas, e guiaram os animaizinhos para a sobrevivência. Algumas delas, insatisfeitas pelo abandono de Pessegueira, encontraram a trilha do Bosque em busca de respostas. Dentre essas, estavam os ancestrais de Vadavel, o Príncipe do Luar, que atormentaria o novo mundo alguns milênios mais tarde, mas isso já é uma história de conhecimento geral.

***

— Fascinante... – tornou a proferir Janus, repousando os talheres de sua refeição. – Você não estava blefando. Quando entrei pela porta eu não esperava ouvir uma revelação capaz de desafiar tantos paradigmas acadêmicos e clericais ao mesmo tempo...

— Espero que você tenha anotado tudo, pois eu temo que não me resta muito tempo de vida. Faça o que quiser com o meu relato. – Debelzaq tomou um gole do suco de abacaxi. – Eu temo que terei o mesmo fim que aqueles apóstatas.

O negro leu a pergunta estampada no rosto de Janus e a respondeu antes que o andarilho desse voz a ela.

— Fulminados, todos eles. Depois que eu acordei do transe no meu leito no chão da barraca do acampamento, ainda ajudei a enterrar os corpos. Todos eles com ferimentos contundentes, a pele queimada por luz sagrada.

— Paladinos? – Janus tomou um gole de vinho suave.

Debelzaq balançou a cabeça em "sim".

— Pareciam ter travado um combate nem a meia légua de distância da tribo. Alguns guris também comentaram ter avistado, nas redondezas, alguns sujeitos arrogantes em armaduras cavalgando na mata. – O xamã deixou o corpo todo relaxar na cadeira. – Já sinto os efeitos colaterais do extrato de cogumelos me arrefecendo. Temo que precisaremos nos despedir, caríssimo.

— Boa sorte, Zack. Desejo-lhe uma vida longa. Aqui, tome essas moedas como recompensa por uma boa história. É de fato a melhor que eu ouvi pelo menos na semana.

— Obrigado, amigo. – Coisa estranha, "Zack" parecia mesmo estranhamente aliviado naquele instante, enquanto se levantava da cadeira. – O clero não me finalizou até agora. Talvez não me considerem uma ameaça séria, afinal.

O xamã se retirou, passando pelo metadito que agora dormia displicentemente em um sofá perto da escada. O seu ronco intenso denotava o sono dos inocentes.

Janus permaneceu sentado. Fitava o prato vazio que há pouco tempo comportava o filé malpassado que lhe causara tanta satisfação. Agora, entretanto, restava apenas o abatimento que frequentemente seguia um bom relato. As forças drenadas na mesma medida em que as páginas de seu caderno agora carregavam tinta fresca.

APÊNDICE

Como funciona a magia

Âmago é a unidade essencial de todos os seres vivos. Trata-se de uma "cópia carbono" da mente dos indivíduos. Tudo o que eles vivem é "depositado" no âmago. Ainda que esqueçam ou morram, a experiência de vida ficará gravada no âmago.

O âmago jaz no centro de uma bolha de mana, sendo esta a substância primordial, a qual se solidifica em matéria sólida e em energia. Do âmago se ramificam filamentos, fios estreitos que mantêm a mana de um determinado ser coesa. A mana está em todos os lugares, como um manto invisível sobre os continentes e entre eles.

A mana desprendida forma a nebulosa chamada de Alana, na qual flutuam alguns fragmentos de rochas, as luas e os asteroides que formam o conjunto de Tessellis. A mana pode ser utilizada por indivíduos especializados para "criar" energia e matéria a partir do "nada", manipulando a própria substância da criação. Há um ditado nos círculos letrados, ele diz: "tudo, originalmente, foi mana um dia".

Esses indivíduos capazes de manipular a mana são chamados de magicistas, e a afinidade para determinada variedade de magicismo depende do formato de seus filamentos. Essa afinidade, como já diz a palavra, é uma facilitadora para determinado tipo de mágica, e não um limitador dela. Magos possuem filamentos mais geométricos e organizados. Os filamentos de druidas formam padrões floreados e artísticos e escapam mais para fora da bolha de mana que os dos magos, por isso os druidas, além de sua própria mana, podem usar aquela da natureza em volta.

Os indivíduos que possuem uma grande extensão de filamento se arrastando para fora de sua própria mana podem ser captados por outros seres, dando-se origem aos bruxos, clérigos e outras variedades de magicistas, todos esses capazes de pedir emprestado o poder de algum outro ser, geralmente espiritual, seja neutro, seja divino, seja demoníaco.

Tradicionalmente, chama-se de "feitiçaria" a prática de transmutar mana para outra forma, sendo "feitiço" a sua manipulação consumada. Esse ato faz uso da própria mana do feiticeiro, ou conjurador, desgastando tanto o filamento quanto a mana. Para que o âmago não escape do corpo e faça que o ser morra de choque devido à sua evasão, há uma quantidade mínima de mana para mantê-lo coeso. Se o conjurador extrapolar o seu limite, estando os filamentos desgastados ou demonstrando incapacidade de repô-la com a mana do ambiente, primeiramente a estamina e depois os seus próprios tecidos corporais serão convertidos de volta em mana, podendo gerar microlesões generalizadas pelo corpo, causando dor e fadiga.

O conjunto da bolha de mana, filamento e âmago é chamado de "alma". A teia de filamentos chama-se "espírito".